KB246229

굴원과 이백이 살던 땅
형초문화기행

荆楚文化

굴원과 이백이
살던 땅

형초문화 기행

상명대학교 한중문화정보연구소 편

한국학술정보(주)

이 책은 정부재원(교육인적자원부 학술연구조성사업비)으로 한국연구재단의 지원을 받아 연구되었음(KRF-2007-362-A00032).

총서 서문

우리는 이미지의 시대에 살고 있다. 그 이미지 연구의 핵심은 각 지역과 집단이 그들의 정체성 형성과 표출을 위해 이미지를 이용한다는 점이다. 그렇다면 우리는 역으로 이미지를 분석, 연구함으로써 지역과 집단의 정체성 본질을 파악할 수 있다.

우리가 일반적으로 말하는 이미지image는 도상圖像이미지와 심상心像이미지를 의미한다. 이미지가 표상하는 의미가 무엇인지를 읽어내기 위해서는 심상에 대한 파악이 무엇보나 중요하다. 한 지역과 집단의 구성원들이 갖고 있는 심상은 그들의 텍스트 전통을 통해 형성되기에 본 연구팀은 중국문화권의 디지털 아카이브 구축을 시도했다. 이 같은 정보과학(informatics)과 인문학의 접목을 통해 인문학 지식자산을 디지털화하는 중국문화권 디지털 아카이브의 구축은 기존의 아날로그 아카이브와는 달리 정보의 단순한 축적뿐 아니라 다양한 방법으로 이들 정보를 효율적으로 이용할 수 있도록 체계화하여 축적하는 데 그 의미와 가치가 있다. 다시 말해 이러한 작업은 중국과 중국문화권의 이미지 자료를 수집·분류하고 그 이미지들과 관련된 인문학적 지식자산(텍스트 전통)을 접목시킴으로써 '중국지역문화'의 정체성을 이해하는 데 필요한 디지털 아카이브를 구축한다는 의미이기도 하다.

본 연구팀은 이러한 의미를 모두 집약하고 있는 용어로 '이마고로지Imagology'를 사용하고자 한다. '이마고로지imagology'는 image와 ideology의 합성어로, 유럽, 특히 프랑스를 중심으로 형성되었다. 본래 이 학문은 비교문학과 사회심리학에서 파생된 학문으로, 이미지를 통해 타자와 차별화되는 지역과 집단 정체성을 탐색하기 위한 이미지 연구, 즉 이미지학이다.

이마고로지는 자아를 특징지어 주는 자상自像(self-image)과 타자를 특정지어 주는 이상異像(hetero-image) 간의 역학관계에 주목한다. 그래서 이 이미지 연구는 문화 간의 이미지 비교 연구에 중점을 둔다. 특정 문화권이 타 문화권에 대해 어떤 표상들을 제안, 형성하며 변화시켜 가는지를 그 고유의 방향성에 의거해 분석하는 것이다.

우리는 각각의 장소와 공간, 지리에 담겨 있는 상징들을 문학적으로 탐구하는 이미지학 연구를 통해 문화와 문화 간의 접촉 시 제기되는 다양한 문제와 그 상징적 의미들을 현대의 지정학적 맥락 속에서 이해할 수 있다. 또한 이마고로지는 민족, 지역, 젠더 그리고 언어와 같은 범주와 관련하여 지배적인 사회담론과 심상이 정체성을 어떻게 형성해 가는지를 분석한다. 차이, 타자화, 탈중심화, 변경과 같은 개념들을 이러한 담론과 그에 부수적인 심상들에 적용시킨다. 또한 이미지학은 텍스트전통을 통해 형성된 고정관념(stereotype)적인 심상의 역사적 콘텍스트화(contextualization)에 주목한다.

따라서 본 연구팀은 중국 지역 문화의 정체성 본질을 연구하기 위해 위 이론을 적용하여 한국연구재단에서 지원하는 인문한국지원사업 해외지역분야 유망연구소(2007년 11월~2009년 8월) 사업인 '중국 지역 문화코드 탐색 및 이미지DB 구축 사업'을 수행했다. 그 결과,

본 연구팀은 현재까지 약 10,316매의 이미지 자료(북경 3,067매, 사천성 1,552매, 하남성 1,287매, 호남성 954매, 섬서성 870매, 강소성 842매, 호북성 753매, 안휘성 640매, 절강성 351매 등)와 관련 자료를 수집해 디지털 아카이브(www.eaimagebank.com)를 구축하여 연구자는 물론, 일반인들에게 제공해 오고 있다. 이와 동시에 앞서 제시한 이미지학 이론을 통해 중국 각 지역의 문화 정체성을 분석·시도한 연구결과물인 논문 110여 편가량을 연구소 홈페이지(www.kcinsmu.com)에 공개하고 있다.

이 중국지역문화 연구총서 시리즈 역시 그동안 본 연구팀이 '중국지역 문화코드 탐색 및 이미지DB 구축 사업'을 수행하면서 수집하고 연구한 결과물을 문화지역별로 정리해서 단행본으로 엮은 것이다. 여기에 실린 이미지는 대부분 본 연구팀이 직접 답사를 가서 촬영하고 수집한 깃이며, 실린 글은 본 사업에 참여했넌 연구자늘이 국내 학술지에 실었던 학술논문을 단행본의 형식에 맞게 풀어서 정리한 것이다.

이 연구총서는 중국문화에 관심 있는 일반 독자들에게 본 연구팀이 구축한 중국 지역문화 이미지 디지털 아카이브와 새롭게 시도한 중국 지역문화 연구 방법을 소개하기 위해 기획된 것이다. 이 책을 통해 많은 이들이 중국지역 문화에 대해 좀 더 깊이 이해할 수 있는 데 도움이 되길 바란다.

연구책임자 심우영

들어가는 말

　형초문화 지역은 오늘날 호북성湖北省, 호남성湖南省, 상서성江西省 일대에 해당되며, 옛 초나라 땅이다. 이 지역은 장강 중류 지역으로 중국 남방 문화의 중심이며, 무巫와 도교가 이 지역 문화를 형성한 사상적 기반이다. 또한 형초문화 지역은 자연 경관이 빼어나다. 그러나 그 아름다움은 단순히 산수자연에 있지 않고, 그 속에 오랜 역사를 두고 배어든 인간의 숨결이 짙게 깔려 있는데 진정한 아름다움이 녹이 있다. 그래시 이 지역은 문화 경관의 극지를 이룬나. 따라서 본 연구팀은 형초문화 지역 연구의 핵심을 '공간인식과 정체성'과 '시각문화와 경계 짓기'에 초점을 두었다.

'공간인식과 정체성'

　형초문화 지역의 인문적 요소를 포함하고 있는 자연경관은 너무나 많다. 바로 아황娥皇과 여영女英의 피맺힌 통곡이 느껴지는 동정호洞庭湖의 군산君山, 굴원의 애국적 영혼이 떠 있는 멱라강汨羅江, 지식인은 세상 사람보다 앞서 번민해야 한다고 술회했던 범중엄范仲淹의 악양루岳陽樓, 개혁의 실패로 좌천되어 그 우울했던 심정을 달래주었던 유종원柳宗元의 영주永州와 소수瀟水, 동아시아 팔경八景 문화의 시원을 열었던 소상팔경瀟湘八景, 욕계欲界에서 선경仙境을 찾으려고 했던

도연명陶淵明의 도화원桃花源, 심산유곡의 원시적 비경을 간직한 무릉
도원武陵桃源, 그리고 구운몽九雲夢의 무대 남악南岳 형산衡山 등 모두
형초문화 경관을 형성하고 있는 공간들이다. 이들 문화경관은 각각
다른 공간인식을 통해 형초문화의 정체성을 나타내고 있다. 대표적인
예를 들면, 다음과 같다.

형초 지역 호남성 서북부의 원수沅水 하류 지역에 있는 도원현桃源
縣의 도화산桃花山 자락에 있는 도화원桃花源과 장가계시張家界市의
무릉원武陵源은 중국인들의 유토피아 공간인 무릉도원으로 사유를
공간적으로 구현해놓은 문화공간이다. 도연명陶淵明(365~427년)에 의
해 창조된 도화원은 혼란한 시기 변화를 꿈꿔볼 수 있는 '변경'이다.
여기에는 장자莊子의 '변화' 철학이 배어 있다.

또 소수瀟水가 상강湘江으로 흘러드는 곳에 영릉零陵이 있다. 당나
라의 대문호 유종원柳宗元(773~819년)이 태자 이송李誦을 황제로 옹
립하려는 움직임에 연루되어 영주사마永州司馬로 폄적貶謫되어 십 년
동안 유배를 산 곳이다. 유종원은 이곳에서 「영주팔기」와 「우계시서」
및 그의 유기遊記를 써서 이곳의 공간을 자신의 상실된 정체성을 회
복하기 위한 문학적 행위로 승화했다. 이는 바로 공간적 실천을 통한
정체성 표출의 문학적 행위라는 맥락에서 고대 중국의 공간서사를
조명해 놓았다. 장강長江과 동정호洞庭湖가 만나는 곳에 악양시岳陽市
가 위치하고 있다. 서쪽으로는 동정호를 바라보고 있고, 남쪽으로 장
사長沙, 북쪽으로는 장강을 사이에 두고 호북성과 경계를 이루고 있
다. 이 악양시 서북쪽 옛 성벽 위에 우뚝 솟아 서쪽으로 동정호를 한
눈에 바라보고 있는 것이 바로 그 유명한 악양루岳陽樓이다. 이는 자
연경관을 '조망眺望'할 수 있는 중국의 건축물인 정亭, 대臺, 루樓, 각

閣을 중국 문인들의 정체성 표출 공간으로 보고, 건축 공간구도의 차이가 조망을 거쳐 정체성을 표출하는 데 어떠한 영향을 끼치는지에 관해 고찰할 수 있다.

장사長沙 악록산岳麓山 기슭에 위치한 악록서원岳麓書院은 중국 4대 서원의 하나이다. 사교 중심의 소주蘇州 원림에 비해 천년학부千年學府라고 일컬어지는, 세계 최초의 고등학부인 악록서원은 학문적 전통을 갖고 있다. 주희朱熹가 이곳에서 강학講學하여 학술문화를 전파했으며, 왕양명王陽明의 심학心學과 동림학파東林學派의 전파와 교류가 이곳을 중심으로 이루어졌다. 왕부지王夫之, 증국번曾國藩, 양계초梁啓超, 모택동毛澤東 등 중국 역사상 저명한 인물을 배출했고 중국혁명의 산실이었다. 서원은 중국 지식인들의 강학과 학술문화의 소통이 이루어지는 문화공간이다. 악록서원에서 주희와 왕양명 등 당대 최고의 지성들에 의해 행해졌던 유교 텍스트 교육과 선파가 호상의 지역정체성을 형성하는 데 영향을 끼쳤다. 유교 문화전통이 뿌리 깊은 악록서원은 질서와 절제가 강조되었다. 이에 반해 오월의 문인들은 도시 속에 원림을 조성했다. 이른바 '시은市隱'의 공간이다. 그래서 원림에는 서원과는 달리 도교적 마인드가 강하게 반영되어 있다.

이처럼 생각의 차이가 공간을 변화시킨다는 것, 이것이 바로 기존의 일반 자연경관에 무와 도교라는 인문적 요소를 가미하여 새로운 인문경관을 탄생시킨 형초문화의 가장 큰 특징이라고 할 수 있다.

'시각문화와 경계 짓기'

중원의 중국인들에게 '야만'의 땅으로 인식되어 왔던 형초문화 지역은 예로부터 유배의 공간이었다. 굴원 이래 수많은 문인들이 이곳으로 유배를 와 '불우'한 심정을 시와 그림으로 풀었다. 그래서 무巫와 함께 형초 지역을 대표하는 또 다른 키워드가 유배이다.

중국 호남성 동정호洞庭湖의 남쪽 영릉零陵 부근 소수瀟水와 상강湘江이 합쳐지는 곳은 예로부터 유배의 공간이었다. '소상팔경도瀟湘八景圖'는 이곳의 빼어난 경관을 8가지 소재 — 평사낙안平沙落雁、원포범귀遠浦帆歸、산시청람山市晴嵐、강천모설江天暮雪、동정추월洞庭秋月、소상야우瀟湘夜雨、연사만종煙寺晩鐘、어촌석조漁村夕照 — 로 그린 그림이다.

소상팔경도는 우리나라의 문인들에게도 영감을 주어, 고려시대에는 이인로李仁老、이규보李奎報 등이 시를 남겼고, 조선시대 중기에는 이징李澄、김명국金明國, 후기에는 정선鄭歚、심사정沈師正 등이 작품을 남겼다.

이 소상팔경도는 북송의 송적宋迪(1078~1091년 활동)이 처음으로 그렸다. 그는 굴원을 위시하여 가의賈誼(기원전 200년~기원전 168년), 왕일王逸(2세기 활동), 유신庾信(513~581년), 이백李白(701~762년), 두보杜甫(712~770년), 유종원柳宗元(773~819년) 그리고 범중엄范仲淹(989~1052년) 등 이 소상瀟湘에 유배되어 자신의 억울한 심정을 글로 풀었던 앞 시대 문인들이 쌓아 놓은 소상과 관련된 문화전통을 계승하여, 시적詩的 이미지를 그림을 통해 시각화했다.

소상팔경도 및 소상을 주제로 그린 그림은 송적宋迪 외에도 왕선王詵(대략 1048~1103년), 왕홍王洪(12세기 중엽 활동), 하규夏圭(1200~1240년 활동), 목계牧谿(대략 1200~1279년 이후), 왕간王澗(13세기 중엽 활동) 등 수많은 문인과 화가들이 그렸다.

송적宋迪의 「소상팔경도」의 탄생에는 그 이전과 동시대 문인들의 소상팔경과 관련된 문화전통이 전제한다. 소상팔경도에는 수많은 문화코드가 존재한다. 예를 들어, '평사낙안平沙落雁'은 가을이 되면 소상의 모래사장으로 날아 내려오는 철새 기러기의 이미지와 북쪽 정치의 중심에서 이곳 '야만'의 땅으로 유배 온 불우한 문인의 이미지가 연결된다.

본 연구팀은 형초문화 지역 인문경관을 텍스트로 한 시각 텍스트와 문헌 텍스트를 바탕으로 본 연구팀이 지향하는 이미지학적 연구방법을 통해 형초문화 지역 시각문화와 다른 지역과 구별되는 변별점을 고찰하고자 시도했다.

목차

제1부

공간인식과 정체성

I

한중 '적벽' 경관 Image와 예술작품 비교

김재현

1. 한중 적벽 예술 이미지
2. 한국의 '적벽' 경관 이미지

　중세의 동아시아는 한자·한문 문화를 보편문화로 공유하고 있었다. 그렇기 때문에 뛰어난 문학 작품이 창작되면 같은 문화권 안에 빠른 속도로 전파되고 오랫동안 인구에 회자되었다. 뿐만 아니라 그 문학작품의 배경이나 소재가 되는 장소가 실재할 경우, 그곳은 명승지가 되어 문화권 안의 동아시아 지식인들의 답사 희망지가 되었다. 또한 지식인이 거주하는 곳에도 같은 지명을 붙여 부르기도 했다. 이러한 예는 우리나라도 예외는 아니었다. 따라서 본고에서는 중국문화를 형성하는 여러 문화 지역 가운데 호남성湖南省과 호북성湖北省을 중심으로 하는 형초荊楚 문화 지역의 사례를 들어 위와 같은 현상을 고찰해 보기로 한다.

　형초 문화 지역은 자연 풍광이 아름다워 예로부터 풍부한 인문지리와 심상지리를 지닌 곳이라 할 수 있다. 때문에 이곳은 수많은 크고 작은 사건이 발생했던 지역이며, 지금까지도 전해져 내려온다. 아울러 이와 관련한 문학작품 및 그림 등의 유명한 예술작품을 남긴 곳이기도 하다. 그 가운데 대표적인 예가 본고에서 중점적으로 다루고자 하는 '적벽'이 그러했다.

'적벽'은 한국 예술계에서 두 가지 의미로 수용되었다. 첫째, 역사서 『삼국지三國志』와 소설 『삼국연의三國演義』에 서술되어 있는 적벽대전을 소재로 한 작품군이 있다. 이들 작품군은 주로 판소리 적벽가와 소설 등 한글로 된 문학 작품에 많다. 둘째, 소식蘇軾(1037~1101년)이 적벽을 소재로 한 문학 작품의 풍류를 흠모한 작품군으로 문학작품과 함께 회화 작품이 주를 이룬다. 소식이 지은 적벽 관련 작품은 「전적벽부前赤壁賦」, 「후적벽부後赤壁賦」, 「적벽회고赤壁懷古」 등 세 작품이다. 어느 의미로든 한국과 중국에서 '적벽' 문학은 어렵지 않게 찾아볼 수 있다. 본고에서 다루고자 하는 적벽 경관과 예술작품은 바로 후자에 해당하는 것들이다.

필자는 예술 작품과 경관 이미지를 연구하기 위해 2009년 1월 7일부터 8일까지 이틀 동안 한국 내 '적벽' 경관의 현장을 답사하였다. 한국에 '적벽'이라는 지명을 지닌 곳은 전라북도全羅北道 화순군和順郡의 '적벽赤壁', 전라북도全羅北道 부안군扶安郡의 '적벽강赤壁江', 충청남도忠淸南道 금산군錦山郡의 '적벽赤壁·적벽강赤壁江' 등 세 곳이다. 필자는 그 가운데 화순군과 부안군 두 곳을 답사하여 그곳의 경관을 사진으로 담고 정자亭子의 편액扁額을 조사하였다. 본고에서는 한중韓中 적벽도赤壁圖, 답사에서 얻은 경관 사진과 편액의 한시 작품을 중심으로 한국 적벽 경관과 예술의 단면斷面을 소개하고 그 현대적 의미를 고찰해 보고자 한다.

1. 한중 적벽 예술 이미지

먼저 한국과 중국의 적벽도赤壁圖를 통하여 옛 사람들이 보고 생각한 적벽의 모습을 살펴보고자 한다. 박영자朴瑛子와 최경현의 조사에 따르면 한국과 중국의 문인 및 화가들이 소식의 적벽부를 소재로 한 적벽도는 중국이 28작품, 한국이 11작품이다. 작품의 목록을 보면 다음과 같다.[1]

<표 1> 현존 중국의 적벽도 목록

	작품명	작가명	제작연대	기타
1	後赤壁賦圖	喬仲常	北宋 1123년	卷 紙墨 29.5×560.3cm J.M.Gawford Collection 메트로폴리탄미술관
2	前赤壁賦圖	楊士賢	南宋 1120~1160	卷 絹墨著 30.9×128.8cm 보스톤미술관
3	赤壁圖	武元直	1196	卷 紙本水墨 50.8×136.4cm 고궁박물원
4	赤壁後遊圖	馬和之	1140~1190	卷 25.9×143cm
5	赤壁圖	李嵩	1190~1230	册 絹本水墨담채 24.8×26cm 넬슨갤러리
6	前後赤壁賦圖	趙孟頫	1298	册
7	赤壁圖	吳鎭	1342	軸
8	赤壁後遊圖	張靈	1510	卷 紙本墨書淡彩 27.3×161.2cm 상악암 1919년수집 중국문인화도록
9	赤壁前遊圖	張靈	1531	卷
10	赤壁舟遊圖	작가미상	明時代	卷 絹本著色 30.7×162.7cm
11	書前赤壁賦並圖	陳道復	1543	卷
12	後赤壁賦圖	文徵明	1545	卷
13	赤壁圖	文徵明	1548	册
14	赤壁賦圖	文徵明	1551	卷
15	赤壁圖	文徵明	1552	並書 赤壁賦卷
16	赤壁賦圖	文徵明	1556	卷(書畫)
17	赤壁膀遊圖	文徵明		卷 프리아 갤러리

---

[1] 朴瑛子, 「적벽도 연구」, 『實學思想硏究』, 역사실학회, 第5·6輯, 1995. 1, 崔卿賢, 「명대 오파의 적벽부도에 관한 연구」, 『美術史學硏究』, 한국미술사학회, 第199·200號, 1993. 12.

18	前赤壁舟遊圖	文徵明	1558	데트로이트 미술관
19	赤壁圖	文伯仁	1557	卷
20	赤壁圖	鍅 毅	1572	軸
21	赤壁遊圖	居 節	1575	軸 紙本水墨淡彩 90×40.7cm 장대천Collection
22	後赤壁賦圖	蔣 乾	1603	卷
23	赤壁賦圖	邵 彌	1697	卷
24	赤壁圖	王 鐸	1646	軸
25	赤壁圖	查士標		동양미술대관에 그림 있음
26	前赤壁賦圖	王 寅	19C	軸 絹本彩色 136×41cm
27	赤壁夜遊	楊柳青	淸初	
28	後赤壁圖	博抱石	1964	88.4×52.5cm 일본유학하며 그림 배움

〈표 2〉 현존 한국의 적벽도 목록

	작품명	작가명	작품규모(cm)	재료	제작연대	소장처
1	赤壁圖	(傳) 安堅	161.3×102.3	絹本淡彩	조선초기	국립중앙박물관
2	赤壁圖	沈師正	28.5×63.5	紙本淡彩	조선후기	동방화랑
3	後赤壁圖	鄭 敾			조선후기	李用熙소장 江壬戌 중에
4	임진적벽	鄭 敾	89.8×58.5	紙本淡彩	조선후기	이화여자대학교박물관 (No.208)
5	赤壁圖	韓用幹	43.5×37.9	紙本淡彩	조선후기	국립중앙박물관
6	後赤壁賦圖	池雲英	41.8×122.7	絹本設彩	조선후기	劉恒烈 소장
7	赤壁圖	金壽奎				
8	적벽야유	趙錫晋				간송박물관
9	赤壁圖	필자미상	161.2×101.8	絹本淡彩		국립중앙박물관
10	赤壁乏舟圖	작가미상	30.1×38.1		18C	李妊美 소장
11	後赤壁圖	金殷鎬			1892~1979	

이 작품들 중 두 나라의 적벽도를 대표할 수 있는 작품으로 조선
초기 산수화를 대표하는 문인화가 안견安堅의 적벽도와 중국의 문인
화가 무원직武元直(1317~1386년)의 적벽도를 비교하여 한중의 적벽
예술 이미지를 비교, 고찰해 보겠다. 우선 안견의 작품을 살펴보자.

〈그림 2〉 傳 安堅「赤壁圖」

〈그림 1〉 傳 安堅「赤壁圖」

<그림 1>은 조선 초기의 산수화로서 북송北宋의 소식이 호북성의 명승지 적벽을 선유船遊하고 지은 적벽을 소재로 15세기 조선의 안견이 그린 것으로 전해 온다. 회면의 오른쪽에 배치되어 있는 산들은 첩첩이 쌓여 곧 무너져 내릴 것같이 험준해 보이면서도 무성한 나무들과 선유船遊 장면이 조화를 이루어 부드러운 느낌을 자아낸다. 이 그림은 「몽유도원도夢遊桃源圖」에서 보여주었던 안견 특유의 필치가 잘 나타나 있다. 적벽은 강한 느낌을 주는 반면, 적벽을 감상하고 있는 인물들은 가는 붓으로 강인하면서도 유연한 필치로 그려 필묵을 자유자재로 구사하는 안견의 높은 경지를 느끼게 한다.

이 그림은 안견이 마치 소식의 적벽 관련 작품 중 「전적벽부前赤壁賦」와 「적벽회고赤壁懷古」에서의 영감을 화폭에 담은 듯한 의경을 보여 준다. 본고에서 소식의 작품을 절록해서 살펴보면 다음과 같다.

「전적벽부前赤壁賦」

……손이 말하기를 "'달은 밝고 별은 성긴데, 까막까치가 남쪽으로 난다.'는 것은 조맹덕曹孟德의 시가 아닌가? 서쪽으로 하구夏口를 바라보고 동쪽으로 무창武昌을 바라보니 산천山川이 서로 얽혀 빽빽이 푸른데, 예는 맹덕이 주랑周郎에게 곤욕困辱을 받은 데가 아니던가? 바야흐로 형주荊州를 깨뜨리고 강릉江陵으로 내려갈 제, 흐름을 따라 동으로 감에 배는 천 리에 이어지고 깃발은 하늘을 가렸어라. 술을 걸러 강물을 굽어보며 창을 비끼고 시를 읊으니 진실로 일세一世의 영웅英雄이러니 지금 어디에 있는가? 하물며 나는 그대와 강가에서 고기 잡고 나무하며, 물고기와 새우를 짝하고 고라니와 사슴을 벗함에랴. 한 잎의 좁은 배를 타고서 술을 들어 서로 권하며, 하루살이 삶을 천지天地에 부치니 아득한 넓은 바다의 한 알갱이 좁쌀알이로다. 우리 인생의 짧음을 슬퍼하고 긴 강江의 끝없음을 부럽게 여기노라. 나는 신선을 끼고 즐겁게 노닐며, 밝은 달을 안고서 길이 마치는 것은 갑자기 얻지 못할 줄 알새, 끼치는 소리를 슬픈 바람에 부치노라."[2]

「적벽회고赤壁懷古」

큰 강물 동편으로 흐르는데,
물결과 함께 천고千古의 뛰어난 인물들도 가버렸는가!
옛 보루堡壘의 서편이
삼국시대 주유周瑜가 조조曹操의 대군을 쳐부순 적벽赤壁이라네.
어지러이 바위는 구름 위로 솟아 있고
놀란 파도는 강 언덕을 찢을 기세로
천 무더기 눈을 말아올리듯 하네.
강산江山은 그림만 같은데
옛날 한때에는 얼마나 많은 호걸豪傑들이 활약했던가!

---

2) "客曰, 月明星稀, 烏鵲南飛, 此非曹孟德之詩乎. 西望夏口, 東望武昌, 山川相繆, 鬱乎蒼蒼, 此孟德之困於周郎者乎. 方其破荊州下江陵, 順流而東也, 舳艫千里, 旌旗蔽空, 釃酒臨江, 橫槊賦詩, 固一世之雄也, 而今安在哉. 況吾與子, 漁樵於江渚之上, 侶魚蝦而友麋鹿, 駕一葉之扁舟, 擧匏樽以相屬, 寄蜉蝣於天地, 渺滄海之一粟, 哀吾生之須臾, 羨長江之無窮. 挾飛仙以遨遊, 抱明月而長終, 知不可乎驟得, 託遺響於悲風."(황견 저, 최인욱 역, 『古文眞寶』, 을유문화사, 1984. 200쪽 참조)

멀리 주유 활약했던 옛날 생각해 보니,
그에겐 미인 소교小嬌가 갓 시집왔고
웅자雄姿는 영기英氣를 발했었지.
새깃 부채 들고 윤건綸巾 쓰고
웃고 얘기하는 사이에
강적强敵을 재 되어 날리고 연기되어 사라지게 하였지.
옛 고장 생각하며 노니는데,
다정多情한 이들은 응당히
벌써 내게 흰 머리 났다고 비웃겠지.
인간 세상은 꿈같은 것
한잔 술을 강물에 비친 달 위해 따르네.3)

　　기존의 학자들은 <그림 1>에 대해 소식의 이러한 의경이 그림 속 인물에 잘 표현되고 있는 것으로 보아 이 작품이 최근까지 안견의 작품으로 전칭傳稱되어 왔다는 데 이의를 제기하는 의견이 있다. 즉, <그림 2>의 인물 부분이 안견의 다른 산수화보다 뛰어난 표현력을 보여주고 있는 점으로 미루어 당시 인물에 뛰어났던 화가가 그린 것이 아닌가하는 의혹을 제기하고 있다.4) 이리한 의혹은 앞에서도 언급한 바와 같이 소식의 적벽 관련 글을 보고 조선의 문인화가들이 소식의 작품을 읽고 해석해 내서 자신만이 가지는 풍격으로 재구성했음을 보여 주는 대표적인 예라고 할 수 있다. 다음으로는 중국의 적벽도를 살펴본다.

---

3) "大江東去, 浪淘盡千古風流人物. 故壘西邊, 人道是三國周郎赤壁. 亂石崩雲, 驚濤裂岸, 捲起千堆雪. 江山如畵, 一時多少豪傑! 遙想公瑾當年, 小嬌初嫁了, 雄姿英發. 羽扇綸巾, 談笑間, 强虜灰飛烟滅. 故國神遊, 多情應笑我, 早生華髮. 人間如夢, 一樽還酹江月."(김학주, 『중국문학개론』, 신아사, 1993년, 220~221쪽)

4) 大韓民國 藝術院, 『韓國美術事典』, 1985년, 482쪽 참조.

〈그림 3〉 武元直 「赤壁圖」

　　<그림 3>은 금대金代 무원직武元直이 그린 것으로, 작품에 낙관이 남아 있지 않지만 실제로 이 그림을 그린 것이 확실하다. 무원직은 자字가 선부善夫이며, 호는 광막도인廣莫道人으로 대략 12세기 하반기에 활동하였다.

　　무원직의 적벽도는 명백하게 근近·중中·원遠의 3단계 원근법을 사용하였고 화면畵面 좌우 하단에는 근경近景, 중앙에는 주산主山을 두고 돌 위에는 원경遠景을 체감遞減시키며 배치하였다. 우측 근경과 원경의 부분의 비는 크지 않고 더욱이 근경과 중경에 해당하는 주산에는 거의 대소 비례가 없다. 기본으로 삼은 것이 북방의 풍물이고 북송의 산수화였다는 것은 확실하나 북송의 산수화가 갖는 극적인 화면의 변화나 대관성大觀性이 다소 부족한 경향이다. 전후적벽부前後赤壁賦와 적벽회고사赤壁回顧史의 화제畵題를 찾아 그린 작품으로 묘법描法 수법手法은 이미 정해진 양식에 의해 그려진 예스러운 형식을 찾을 수 있다.5) 이제 소식의 실제 문학작품과 비교해서 살펴보자.

---

5) 朴瑛子, 앞의 논문, 336~337쪽 참조.

임술壬戌 가을 7월 기망에 소자蘇子가 손과 배를 띄워 적벽赤壁
아래 노닐 새, 맑은 바람은 천천히 불어오고 물결은 일지 않더라.
술을 들어 손에게 권하며 명월明月의 시를 외고 요조窈窕의 장章
을 노래하더니, 이윽고 달이 동쪽 산 위에 솟아올라 북두성北斗星
과 견우성牽牛星 사이를 서성이더라. 흰 이슬은 강에 비끼고, 물빛
은 하늘에 이었더라. 한 잎의 갈대 같은 배가 가는 대로 맡겨, 일만
이랑의 아득한 물결을 헤치니, 넓고도 넓게 허공에 의지하여 바람
을 타고 그칠 데를 알 수 없고, 가붓가붓 나부껴 인간 세상을 버리
고 홀로 서서, 날개가 돋치어 신선神仙으로 돼 오르는 것 같더라.
이에 술을 마시고 흥취가 도도해 뱃전을 두드리며 노래를 하니, 노
래에 이르기를 "계수나무 노와 목란木蘭 상앗대로 속이 훤히 들이
비치는 물을 쳐 흐르는 달빛을 거슬러 오르도다. 아득한 내 생각이
여, 미인美人을 하늘 한 가에 바라보도다." 손 중에 퉁소를 부는 이
있어 노래를 따라 화답和答하니, 그 소리가 슬프고도 슬퍼 원망하
는 듯 사모하는 듯, 우는 듯 하소하는 듯, 여음餘音이 가늘게 실같
이 이어져 그윽한 골짜기의 물에 잠긴 교룡蛟龍을 춤추게 하고 외
로운 배의 홀어미를 울릴레라.6)

이 그림은 주로 적벽의 풍경과 분위기에 중점을 두고 그림을 표현
해 낸 것으로 보인다. 즉, 화가는 소식의 작품 해석에 있어 비교적 사
실적이고 외형적인 부분을 포인트로 잡아내고 화폭에 투사했다.

이로 볼 때 한중의 문인화가들은 작가마다 조금씩 차이는 있겠으
나, 소식의 작품 해석의 시각에 따라 그린 적벽 이미지도 달라짐을
알 수 있다. 즉, 정情에 중점을 두느냐, 아니면 상상으로 그린 경景에
중점을 두느냐에 대한 차이가 두드러진다.

---

6) "壬戌之秋, 七月旣望, 蘇子與客, 泛舟遊於赤壁之下, 淸風徐來, 水波不興. 擧舟屬客, 誦明月之詩, 歌窈窕之章,
少焉, 月出於東山之上. 徘徊於斗牛之間, 白露橫江, 水光接天. 縱一葦之所如, 凌萬頃之茫然, 浩浩乎, 如憑虛御
風, 而不知其所止, 飄飄乎, 如遺世獨立, 羽化而登仙. 於是, 飮酒樂甚, 舷而歌之, 歌曰, 桂棹兮蘭, 擊空明兮流光.
渺渺兮予懷, 望美人兮天一方. 客有吹洞簫者, 倚歌而和之, 其聲嗚嗚然. 如怨如慕, 如泣如訴, 餘音, 不絶如縷,
舞幽壑之潛蛟, 泣孤舟之釐婦."(『古文眞寶』 後集 卷之八)

2. 한국의 '적벽' 경관 이미지

　주지하는 바와 같이 한국에 '적벽'이라는 이름을 가진 지명은 모두 세 곳이다. 바로 전라북도全羅北道 화순군和順郡의 '적벽赤壁', 전라북도全羅北道 부안군扶安郡의 '적벽강赤壁江', 충청남도忠淸南道 금산군錦山郡의 '적벽赤壁·적벽강赤壁江'이다.

　화순군의 적벽은 기암절벽과 굽이치는 강줄기가 절묘하게 조화를 이루고 있고, '물염정勿染亭'·'망향정望鄕亭'·'망미정望美亭'·'송석정松石亭' 등의 정자가 있고 편액에는 수많은 한문학 작품이 기록되어 있다. 부안군의 적벽강은 내륙을 흐르는 강이 아니고 바닷가 바위 절벽이다. 해안을 둘러싸고 있는 절벽이 절경을 이루고 있어 붙여진 이름이다. 금산군의 적벽·적벽강은 한국의 사대강四大江 가운데 하나인 금강변錦江邊에 위치하고 있는데, 바위 절벽이 붉은 색을 띠고 있다 해서 그 바위 절벽을 '적벽'이라 하고 적벽 아래를 흐르는 금강을 '적벽강'이라 명명했다고 한다. 필자는 이 세 곳 가운데 화순군의 적벽과 부안군의 적벽 두 곳을 답사하였다. 이에 두 곳을 중심으로 살펴보고자 한다.

　우선 이번 답사에서 촬영한 사진 자료를 통해서 한국의 적벽문학 현장을 살펴보기로 하자. 화순군 적벽부터 살펴본다.

　<사진 1>은 산 중턱에서 바라본 적벽 전경이다. 험준한 산길을 굽이굽이 돌아 들어가면 어느 순간 시야가 열리면서 별천지가 전개된다. 높은 산 중턱에서 내려다 본 적벽은 그야말로 탄성을 자아내게 한다. 기암괴석으로 이루어진 절벽과 강줄기와 물색, 그리고 먼 산등성이의 곡선이 웅장한 가운데 부드러운 조화를 이루고 있는 모습을 볼 수 있다.

〈사진 1〉 和順赤壁 全景

〈사진 2〉 望鄕亭

〈사진 3〉 望鄕亭 眺望

<사진 2>와 <사진 3>은 화순적벽 위에 있는 망향정의 사진이다. 이곳에서 내려다보는 강의 물굽이에 자리 잡고 있어 시야가 트여 시원하면서도 아기자기한 멋을 지니고 있다. 이곳 적벽은 화순군과 광주광역시의 상수원으로서 댐을 건설함에 따라 수몰된 지역이다. 이곳에 자리 잡고 살던 사람들이 이주를 하면서 수몰된 옛 고향을 안타까워하고 그리워하면서 절벽 위에 지은 정자가 망향정이다. 절벽 위 평지에 자리 잡고 있는 망향정은 적벽의 경관을 한눈에 둘러볼 수 있어

서 가슴을 탁 트이게 만들어준다.

<사진 4>의 망미정은 망향정 아래 쪽 강 가까이에 위치하고 있어 강 건너 적벽을 근거리에서 바라볼 수 있을 뿐만 아니라 물에 잠긴 적벽의 모습과 푸른 하늘색의 오묘한 조화를 만나볼 수 있는 곳이다. 조그만 정자는 조망이 좋고 안온한 산중턱에 자리 잡고 있어 주변 경관과 무리 없이 조화를 이루어 인간과 자연이 조화롭게 어우러지는 동양의 자연 친화, 물아일체의 이념을 표상表象해 주고 있다. 망미정은 적벽의 가까이에 있어 적벽이 더욱 높고 웅장해 보이는 데다 물에 잠긴 적벽까지 보태, 그 가운데 서 있는 정자와 사람의 모습이 억겁億劫의 세월을 거쳐 온 자연 앞에서 왜소해지지 않을 수 없게 만든다.

이러한 자연 앞에 인간들은 한없이 겸손해질 수밖에 없다. 그래서 사람들은 여기 웅건한 자연 앞에 다소곳한 자세로 앉은 조그만 정자 하나를 마련하고 대자연을 바라보며 많은 문학작품을 남겨 자신의 감회를 술회하였다.

〈사진 4〉 望美亭

〈사진 5〉 望美亭 扁額

<사진 5>와 같이 이 정자에는 조선 후기의 문인이면서 학자이고 대사간大司諫이라는 관직을 지낸 농암農岩 김창협金昌協(1651~1708년) 등 많은 명사들의 편액이 걸려 있다. 농암 김창협이 쓴 시 「유망미정 遊望美亭」을 보자.

무수히 연한 봉 하늘에 오르는 듯
그 아래 창랑滄浪있어 한길이 통했도다
깎아논 듯 층층바위 신기함이 있고
푸른 공중에 매달린 운연雲烟과 같구려
송과 잣은 모두 못 가운데 향하여 솔리고
날과 달은 돌 위에 달렸는가 의심하도다
그늘 언덕에 학 집이 있다 말하니
밤이 깊으면 응당 우의羽衣 신선을 꿈꾸리라.7)

위의 시는 적벽의 경관을 노래했다. 적벽을 중심으로 수많은 산봉우리들이 둘러져 있는 원경遠景, 깎아지른 듯한 층암절벽의 신기한 모습, 절벽과 하늘에 걸쳐 드리워진 운연雲煙, 강물에 잠긴 송삼나무의 모습, 산꼭대기에 매달린 해와 달의 정경이 선경처럼 묘사되어 있다. 적벽강 풍류를 노래한 소식의 「후적벽부後赤壁賦」8)를 연상한 것은 아닐까? 그 한 대목을 인용한다.

밤은 이미 깊어 사방이 고요 적막한데, 외로운 학 한 미리 강을 건너 동東에서 오는데 펄럭이는 나래를 수레바퀴 돌리는 듯 흰 옷에 검은 치마 차려입고 알연히 긴소리로 울면서 내 배를 스치듯 서쪽으로 날아가네. 잠시 후 객들은 모두 돌아가고 나 역시 잠자리에 들었는데 꿈에 도사 한 사람이 깃옷을 맵시 있게 차려입고, 임고 아래로 지나면서 길게 상반신을 굽히는 예禮로 말하기를 적벽에 뱃놀이는 즐거웠소이까? 글쎄 누구시더라? 그는 고개를 떨군채 대답이 없더니 아~하! 반갑소이다! 이제 생각이 나는구료. 어젯밤에 내 곁을 울며 날던 이가 바로 그대 아닙니까? 도사 돌아보며 웃거늘 나 역시 놀라움에 잠에 깨어 문을 열고 내다보니 어데로 갔는가 보이지 않더라.9)

---

7) "連峰無數上靑天, 下有滄浪一道川. 削出層岩有神鬼, 結爲空翠似雲烟. 松杉盡向潭中瀉, 日月疑從石上懸. 見說陰崖有巢鶴, 夜深應夢羽衣仙."

8) 『古文眞寶』後集 卷之八

9) "四顧寂寥, 適有孤鶴, 橫江東來, 翅如車輪, 玄裳縞衣, 戛然長鳴, 掠予舟而西也. 須臾客去, 予亦就睡,

여기서 적벽 관련 편액 한시 몇 작품을 더 소개한다.

「적벽제영赤壁題詠」

붉은 언덕 깎아 섰고 물은 기름 같은데
승유勝遊할제 일찌기 임술壬戌가을 지냈도다
소자蘇子의 풍류는 오히려 없어지지 않아서
지금도 옛처럼 선루仙樓를 끼었어라.10)

이 작품은 조선 후기 효종 때 영의정을 지낸 백강白江 이경여李敬輿
(1585~1657년)의 절구絶句다. 물염정勿染亭에서 바라본 적벽의 풍광
과 흥취를 노래했다. 깎아지른 듯한 층암절벽層巖絶壁과 기름을 부어
놓은 듯 윤기가 나는 잔잔한 강물의 정경을 보면서 임술지추壬戌之秋
에 선유船遊를 즐긴 소동파의 풍류를 연상하였다.

「적벽제영赤壁題詠」

십년十年을 우유하고 또 남유南遊하였으니
주배酒盃와 강산江山을 병든 뒤에 알았노라
가을비 여울소리에 한꿈을 놀래 깨니
선령仙靈은 말이 없고 학鶴도 기약이 없구려.11)

이 작품은 조선후기 인조仁祖 때 문인 · 학자이고 이조판서吏曹判書
를 지낸 선원仙源 김상용金尙容(1561~1637년)이 늦게야 적벽에 와 본

夢一道士, 羽衣蹁躚, 過臨皐之下. 揖予而言曰, 赤壁之遊樂乎. 問其姓名, 俛而不答. 嗚呼噫嘻, 我知之
矣. 疇昔之夜, 飛鳴而過我者, 非子也耶. 道士顧笑, 予亦驚悟, 開戶視之, 不見其處."(『古文眞寶』 後集
卷之八)

10) "丹崖如削水如油, 勝遊曾經壬戌秋. 蘇子風流猶未沫, 至今依舊挾仙樓."(勿染亭 扁額)

11) "十年擾擾又南南, 盃酒江山病後知. 秋雨灘聲驚一夢, 仙靈不語鶴無期."(勿染亭 扁額)

감회를 술회하고 있다. 그 역시 소식의 풍류를 회고하면서 감회에 젖어들었다.

「유적벽선대遊赤壁仙臺」

열둘 기봉奇峰에 또 적벽이 있으니
일구一區의 형승形勝으로 남주에 떨쳤도다
잠깐 머물러 돌아갈 기약을 몰랐으니
한없는 풍림은 정히 구월九月 가을이라네.[12]

이 작품은 조선조 문인·학자이며 대사헌을 지낸 한강寒岡 정구鄭述(1543~1620년)가 지은 절구絶句다. 적벽을 둘러싸고 있는 12봉의 절경에 적벽의 형승이 보태져 호남 일대에서 제일가는 명승임을 말하고, 그 절경에 마음이 빼앗겨 돌아갈 줄 모르겠다고 노래했다.

다음은 부안군의 적벽강 모습이다. 흐르는 강江이 아닌 바닷가 절벽에 강江이라는 명칭을 붙어가면서 그 아름다움을 표현하고자 한 데서 적벽에 대한 동경이 얼마나 컸었는지 짐작할 수 있다. 야트막한 산과 들판이 조화를 이룬 시골의 차도車道를 굽이굽이 달려 부안군의 어느 마을에 이르면 조그만 안내판이 나타나는데 안내에 따라 승용차 한 대가 들어갈 만한 좁은 길을 따라 들어가면 망망대해가 시야에 들어온다. 차를 세우고 몇 걸음을 바다 쪽으로 옮기면 병풍처럼 둘러쳐진 웅장한 기암절벽이 눈에 들어온다. 여명이 틀 때나 저녁노을이 질 때면 온통 붉은색으로 빛이 나 사람의 눈을 황홀하게 하고 그늘이 지면 시커먼 절벽이 사람의 오만을 꾸짖는 듯 장엄하게 군림하기도 한다.

---

12) "十二奇峯又赤壁, 一區形勝擅南州. 淹留不覺歸期晚, 無限風林正九秋.(勿染亭 扁額)

뿐만 아니라 바다 쪽으로 시선을 돌리면, 적벽의 연장인 바닷가 바위들이 눈에 들어온다. 다양한 모습으로 펼쳐져 있는 바위들, 바위에 붙은 조개와 해초들, 바위에 부딪히는 잔잔한 파도소리와 물거품이 살을 에는 겨울바람에도 푸근하고 정겹다. 고개를 들어 수평선을 바라보면 멀리 보이는 어촌의 모습과 먼 산의 풍경이 도시에서 찌들었던 마음을 탁 트이게 해 준다. 소식이 적벽강에서 "마음이 시원한 것이 마치 허공에 떠올라 바람을 타고 한없이 날아갈 듯하며 그칠 바를 모르겠다. 마음이 들떠서 세상일을 모두 잊고 홀로 서서 날개를 달고 신선이 되어 오르는 기분이다(호호호여빙허어풍浩浩乎如馮虛御風 이불지기소지而不知其所止. 표표호여유세독립飄飄乎如遺世獨立 우화이등선羽化而登仙)"13)라고 한 그 기분을 여기서도 느낄 수 있다.

이 적벽강을 노래한 작품도 있다. 1920년대에 변산군에 살았던 계초桂招 박규양朴奎陽이라는 선비가 변산군 일대를 여행하면서 쓴 「변산가邊山歌」가 있다. 「변산가」는 국문으로 된 장편長篇 가사歌辭로서 그 일부분을 소개하면 다음과 같다.

<사진 7> 扶安 赤壁江과 西海

<사진 6> 扶安 赤壁江

---

13) 『古文眞寶』後集 卷之八.

이청연李靑蓮을 찾으랴고 채석강彩石江에 돌아드니
기경소식騎鯨消息 일천년一千年의 강남풍월江南風月뿐이로다
채석彩石돌 사랑하여 소매 속에 주워 넣고
적벽강赤壁江 돌아드니 소자첨蘇子瞻 어데 간가
오고가는 저 백구白鷗야 소식消息이나 물어보자

이청연李靑蓮과 소동파蘇東坡는 당송간唐宋間에 돌출突出하여
글로는 문장文章이요 벼슬로는 한림翰林이라
이러한 명망名望으로 창해일속滄海一粟 되었으니
우리 같은 일개一介 서생書生 다시 일러 무엇하랴14)

변산 지방을 여행하다가 채석강과 적벽강에 들러 그 경치를 보면
서 이태백李太白(701~762년)과 소식을 떠올렸다. 두 시인의 명망을
생각하면서 세월의 무상함과 대자연 앞에서 인간의 왜소함을 서글픈
심정으로 노래하였다.

이상에서 살펴본 바와 같이 적벽은 층암절벽으로 이루어진 곳으로
절경을 이루는 곳이다. 옛날의 문인·예술가들은 아름다운 경치를 보
면 시를 쓰고 그림을 그려 후세에 남겼다. 앞서 언급한 바와 같이 중
세의 동아시아는 한자·한문문화권으로서 보편문화를 공유하고 있

었기 때문에 동일 문화권 내
의 위대한 학자, 문인, 예술
가들을 흠모하고 그 유풍遺
風을 따르려 하였다. 그러면
서 한편으로 자국 예술의 독
창적인 작품 세계를 형성하
였다. 이 글에서 논의한 적벽

〈사진 8〉 적벽에서 바라본 西海

14) 『扶安郡誌』第十一篇「文化와 藝術」, 이우출판사, 1957, 897쪽.

도 그러한 문화를 형성한 소이연所以然이 되었다. 여기서는 그러한 문화에 대하여 현장답사를 한 결과를 중심으로 개괄적으로 살펴보는 데서 그쳤다. 따라서 이 글은 추후에 진행될 한중 경관문화에 대한 본격적인 연구의 기초자료 현황을 소개하고 제시하는 데 의미를 둔다. 그리고 자연경관 문화에 대한 이러한 관심은 현대 사회가 치르고 있는 도시화와 첨단과학화의 폐해에서 벗어나게 하고자 하는 바람에서 나온 것이다. 즉 이러한 작업은 자연경관을 보존하고 도시 속에서도 자연의 향기를 느낄 수 있게 하는 예술, Design의 창조로 나아가는 초석을 마련해 줄 것이다.

Ⅱ

한중 악양루 문화경관 비교

최종인

1. 중국의 악양루와 문화경관
2. 한국의 악양루와 문화경관

악양루는 중국中國 호남성湖南省에 있는 중국 최대의 호수 동정호洞庭湖의 동쪽 악주부岳州府에 있는 부성府城의 서쪽 문 누각으로, 동정호를 한눈에 전망할 수 있는 풍광이 매우 아름다운 곳이다. 누각 아래 쪽으로는 동정호가 보이며, 앞으로는 군산君山, 북쪽으로는 장강長江이 접해 있다. 따라서 악양루는 강남 3대 명루의 하나로 손꼽힌다.

중국 역대 수많은 시인 묵객들이 동정호를 유람하고 악양루에 올라 자신들의 심경을 토로하였다. 때로는 세찬 바람과 오랜 장마 비로 스산해진 동정호를 바라보며 정치권력으로부터 소외되어 우울한 심정을 토로하는 사람이 있었는가 하면, 때로는 화창한 봄날 새가 울고 꽃이 피어 화기로 가득한 동정호를 바라보며 세상의 모든 시름 다 잊고 즐거움을 만끽한 사람도 있었다. 따라서 악양루 안에는 아직도 동정호와 악양루를 읊은 수많은 시문과 그림이 새겨져 있다.

이처럼 악양루는 시인묵객들의 정신적 공간인 동시에 아름다운 자연경관이 보태어진 문화공간이 되었다. 그래서 악양루는 '천하제일루天下第一樓'로서 중국은 물론이고, 한국의 경관문화에 지대한 영향을 미쳤다. 이에 본고에서는 중국과 한국의 악양루의 문화경관을 비교하여 고찰하고자 한다.

1. 중국의 악양루와 문화경관

1) 중국 악양루 누각 건립과 역사

악양루는 호남성 무한武漢의 황학루黃鶴樓와 강서성江西省 남창南昌의 등왕각藤王閣과 함께 강남 3대 명루로 꼽힌다. 악양루는 북으로는 장강을 바라보고 동으로는 동정호洞庭湖를 내려다 볼 수 있는 20미터 높이의 3층 대방형 누각이다. 이는 당나라 때인 716년에 만들어진 것으로, 지붕의 곡선과 황금색 유리기와가 절묘하게 조화를 이룬다.

악양루는 삼국 시기 오의 대도독 노숙魯肅(172~217년)이 수군을 열병하고 단련시키기 위해 건설한 건축물인 열군루閱軍樓를 토대로 한 것이다. 때문에 이 누각은 원래 목적이 군사적인 용도로 활용되었던 이유로 당대唐代 이전까지는 주로 군사 요충지로서의 역할만 해왔다.

당대에 이르러 악양루岳陽樓는 개원 연간(713~714년) 악주岳州의 태수太守 장설張說이 기존의 건물을 수리하여 중건하고 '악양루岳陽樓'라고 이름을 붙인 뒤 이백, 두보杜甫(712~770년), 이상은李商隱(812~858년), 이군옥李群玉(808~862년) 등과 같은 소인묵객騷人墨客들의 유람遊覽과 시작詩作의 장소가 되었다.

  그러나 정작 이곳이 그 이름을 크게 떨치게 된 시기는 송대宋代다. 1044년 등자경藤子京(991~1047년)은 이곳 태수로 폄적貶謫되어 퇴락해진 누각을 증수하게 되는데, 그때 그는 범중엄范仲淹(989~1052년)을 초청하여 그 유명한 「악양루기岳陽樓記」를 짓게 한다. 이 글은 비록 길지 않은 비교적 짧은 산문이지만 그 내용이 깊고 문장이 좋아서 당시 지식인들은 물론 후세에까지도 널리 읽히며 악양루를 세상에 널리 알릴 수 있는 계기를 만들었다.

  그 뒤 청대에 이르러 악양루는 지금의 모습과 크기로 복원되었다. 악양루는 주루主樓를 중심으로 우측으로 삼취정三醉亭, 왼편으로 선매정仙梅亭이 있고, 누각 주위에 서대문西大門, 악양문岳陽門, 두보정杜甫亭 등이 배치되어 있다.[1]

〈사진 1〉 악양루

〈사진 2〉 동정호

---

1) http://cafe.daum.net/incheon-love/4Dq1/57?docid=1EYI7|4Dq1|57|20080626173659&q=%C1%DF%B1%
   B9%20%BE%C7%BE%E7%B7%E7

〈사진 3〉 선매정   〈사진 4〉 삼취정

2) 중국 악양루의 문화경관

중국의 악양루가 지금의 악양루라는 명성을 지니게 된 가장 큰 이유는 바로 악양루가 가지고 있는 문화경관의 영향이라고 해도 과언이 아닐 것이다. 따라서 본 장에서는 문화경관 가운데 인문경관을 구성하는 문학과 회화를 중심으로 살펴보고자 한다.

(1) 문학

앞서 언급한 바와 같이 악양루가 유명해지기 시작한 것은 범중엄이 「악양루기岳陽樓記」를 지은 이후, 여러 시인묵객들에게 문화공간의 명소로 자리매김하게 되면서부터다. 범중엄은 이 글에서 악양루의 문화공간이 형성되는 간단한 과정을 소개하면서 글을 시작하고 있다.

> 경력慶曆 4년 봄 등자경이 귀양 와서 파릉군巴陵郡의 태수가 되었다. 이듬해에 정사가 잘되어 백성이 화합하니, 많이 피폐했던 일들이 한 가지로 다 흥성하였다. 그리하여 다시 악양루를 다시 수리하

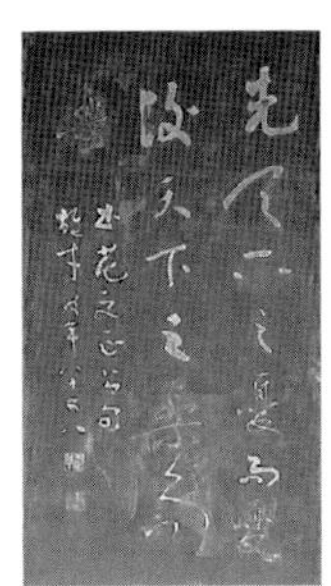

〈사진 5〉 범중엄의 악양루기

고 그 본래의 제도를 더하여, 당唐의 현인들과 지금 사람들의 시부
詩賦를 그 누각 위에 새겨 붙이고, 나에게 부탁하여 문장을 짓게
하고, 또 기록하여 현판을 만들어 걸기로 하였다. 2)

등자경은 기존의 군사적 용도로 사용되었던 악양루를 인문적 요소
가 가미된 문화경관으로 탈바꿈시켰다. 이를 위해 그는 당대와 송대
시인묵객들의 시와 부를 판각하여 악양루를 장식하고, 당시 그 지역
의 이름 있는 문사였던 범중엄에게 부탁하여 악양루에 대한 글을 짓
게 하여 문화경관으로서의 모습을 재정비하여 형성했던 것이다.

범중엄은 등자경의 청탁으로 지은 「악양루기岳陽樓記」 안에 태수
등자경의 당시 소회와 예부터 내려오던 형초 지역 문인들의 정서를
잘 담아내고 있다.

내가 대강 파릉군의 훌륭한 경치를 돌아보니, 동정호를 중심으로
하여 그 가운데 모든 좋은 경치가 들어 있다. 호수는 넓고 아득하
여 멀리 산을 입에 물고 있는 것 같고, 長江을 머금은 듯 끝없는 물
줄기가 뻗어 있어서, 그 모양은 한없이 넓어서 옆으로 끝 간 데를

---

2) "慶曆四年春, 滕子京謫守巴陵郡, 越明年, 政通人和, 百廢俱興. 乃重修岳陽樓, 增其舊制, 刻唐賢今人
詩賦于其上, 屬予作文以記之."(鐘基, 李先銀, 王身剛 譯注, 『古文觀止』, 中華書局, 2009)

모를 만큼 펼쳐 있다. 아침 햇살과 저녁 어스름에, 구름과 바람과 그 밖의 모든 경물의 변화는 천차만별의 여러 가지 경치를 나타낸다. 이것이 악양루를 크게 바라본 풍경이다. 이 풍경에 대해서는 예로부터 많은 사람들이 술회한 것 가운데 무엇 하나도 부족한 것이 없을 만큼 충분하다.

그들이 술회한 문장과 같이 북쪽은 무협巫峽의 급류와 통하고, 남쪽은 멀리 소수瀟水와 상수湘水에 미치어, 이 지방은 고래로 귀양살이 하는 불운한 사람과 뜻을 얻지 못한 시인·묵객들이 많이 모이는데, 그들이 이 악양루를 돌아보는 정감은 각기 다 신상의 처지에 따라서 다르지 않다고 할 수 있겠는가? 실로 가지각색의 심경이 었을 줄로 생각한다.

만약에 장맛비가 구질구질 달포에 이어져 개지 않고, 어두운 바람이 노도처럼 불어 흐린 물결이 공중으로 치솟고, 해와 별이 빛을 감추고, 산악이 형체를 감추고, 장사치와 나그네가 다니지 못하고, 담장이 무너지고, 돛대가 부러지고, 초저녁에 날이 어두워지고, 호랑이는 울부짖고, 원숭이가 울음 우는 때에 이 누대에 오르면 나라를 떠나 고향을 생각하는 마음이 이루 형용하기 어려울 것이며, 무고誣告를 걱정하고, 모략謀略을 두려워하는 마음에 눈에 보이는 모든 것이 쓸쓸할 것이며, 감정은 격동하여 슬픔을 견디지 못하는 사람도 있으리라.

만약에 봄의 기후가 화창하여 풍경이 밝고, 동정호의 물결도 일지 않고, 위의 하늘과 아래의 수면에 비친 빛깔이 서로 비치어서 푸른 빛이 만 이랑으로 넓게 펼쳐지고, 모랫벌에 사는 갈매기가 날아 모여들고, 비단처럼 고운 비늘을 가진 물고기가 한가롭게 헤엄을 쳐 돌아다니고, 언덕의 백지풀과 물가의 난초가 향기롭게 파릇파릇 돋아나고, 혹은 또 길게 가로질린 운애가 하늘 한편에 걸리고, 수면에 비친 달은 금빛 이랑이 되어 뛰놀고, 고요한 물에 비친 달그림자는 흰 구슬을 잠가 놓은 듯하다.

어부의 노래 소리가 서로 화답을 하는 그런 광경에 이르러서는 이 아름다운 경치를 바라보는 즐거움이 어찌 다할 수 있겠는가? 그런 때에 이 누각에 오르면 마음은 아주 거리낌 없이 훤히 넓어지고 정신도 상쾌해져서 군주에게서 받은 사랑이나 욕됨을 다 잊어버리고, 술을 손에 들고 바람 앞에 앉으면, 그 기쁨은 한없이 크고 넓으리라.3)

---

3) "予觀夫巴陵勝狀, 在洞庭一湖. 銜遠山, 呑長江, 浩浩蕩蕩, 橫無際涯, 朝暉夕陰, 氣象萬千, 此則岳陽樓之大觀也, 前人之述備矣. 然則北通巫峽, 南極瀟湘, 遷客騷人, 多會于此, 覽物之情, 得無異乎. 若夫雨, 連月不開. 陰風怒

위의 내용으로 보아, 범중엄은 악양루가 있는 이곳은 풍광이 아름다운 훌륭한 곳이지만, 예로부터 이곳에 모이는 부류는 주로 귀양살이하러 오는 이들이나 자신의 뜻을 이루지 못한 이들이라고 말하고 있다. 즉, 굴원과 같은 심경으로 이곳을 찾아와 거대하고 아름다운 풍광을 보며 자신의 불우한 처지를 한탄하며 위안을 받고 자신의 품은 뜻을 다시 한 번 되새기는 심경을 그리고 있다. 이러한 작품의 모티브는 범중엄 이전에 이곳을 다녀갔던 이들의 작품에도 비슷하였다. 대표적인 작품으로 두보의 「등악양루登岳陽樓」와 이백의 「여하십이등악양루與夏十二登岳陽樓」를 들 수 있다. 이를 살펴보면 다음과 같다.4)

「등악양루登岳陽樓」 두보杜甫

석문동징수昔聞洞庭水, 오래전에 동정호에 대하여 들었건만,
금상악양루今上岳陽樓. 이제야 악양루에 오르게 되었네.
오초동남슈吳楚東南瞬, 오와 초는 동쪽 남쪽 갈라 서 있고,
건신일야부乾伸日夜浮. 하늘과 땅이 밤낮 불 위에 떠 있네.
친붕무일자親朋無一字, 친한 친구에게조차 편지 한 장 없고,
노거유고주老去有孤舟. 늙어가며 가진 것은 외로운 배 한 척.
융마관산북戎馬關山北, 싸움터의 말이 아직 북쪽에 있어,
빙헌체사류憑軒涕泗流. 난간에 기대어 눈물만 흘리네.

「여하십이등악양루與夏十二登岳陽樓」 이백李白

루관악양진樓觀岳陽盡, 악양루에서 악양이 다 보이고,
천형동정개川迥洞庭開. 시내는 멀고 동정호가 펼쳐지네.
안인수심거雁引愁心去, 기러기는 시름을 가져가 날아가고,

<hr>

號, 濁浪排空, 日星隱曜, 山岳潛形, 商旅不行, 檣傾楫, 薄暮冥冥, 虎嘯猿啼, 登斯樓也, 則有去國懷鄕, 憂讒畏譏, 滿目蕭然, 感極而悲者矣. 至若春和景明, 波瀾不驚, 上下天光, 一碧萬頃. 沙鷗翔集, 錦鱗游泳, 岸芷汀蘭, 郁郁靑靑, 而或長煙一空, 皓月千里. 浮光躍金, 靜影沈璧. 漁歌互答, 此樂何極. 登斯樓也, 則有心曠神怡, 寵辱俱忘, 把酒臨風, 其喜洋洋者矣."(钟基, 李先银, 王身刚　译注,『古文觀止』, 中华书局, 2009)

4)『全唐詩』, 中华书局, 2011.

산함호월래山銜好月來. 산은 좋은 달을 머금고 떠오르네.
운간연하탑雲間連下榻, 구름 사이에 숙소 정해 머물고,
천상접행배天上接行杯. 하늘 위에서 술잔 돌려 마시네.
취후량풍기醉後凉風起, 취하니 서늘한 바람 불어,
취인무수회吹人舞袖回. 휘돌아 춤추는 사람 소매 깃을 휘도네.

위의 이백과 두보의 시상 역시 기본적으로 처연함과 그리움을 가지고 있다. 따라서 위의 두 작품들을 통해 악양루를 찾은 시인묵객들은 사회·정치적으로 시련을 겪었거나 소외당하여 힘든 마음을 그곳의 풍광을 보고 자신의 심경을 토로하고 위로를 받고자 하는 욕망을 지니고 있었던 것이다.

그러나 범중엄은 위의 처연함과 외로운 정서를 지니는 단계에서 한 단계 더 발전하여 문인과 정치인으로서 앞으로 나아가야 할 방향을 명확하고 구체적으로 제시하고 있다.

아! 나는 일찍부터 옛날의 어진 사람의 마음을 구하고 있었더니, 혹은 앞에서 든 것과 같은 두 가지 경우의 슬픔과 즐거움이 각각 다른 것은 무엇 때문인가? (인간애를 행하는 어진 사람은) 외물外物로 말미암아 기뻐하지도 않으며, 자신의 개인 일로 슬퍼하지도 않는다. 조정의 높은 지위에 있을 때는 그 백성을 위해 걱정하고, 지방에 멀리 떠나 있을 때는 그 임금을 위해 걱정하니, 이것은 조정에 나아가 벼슬을 하고 있을 때도 걱정이며, 물러나 있을 때도 또한 걱정인 것이다. 그러고 보면 어느 때나 즐거울 것인가? 그 사람은 반드시 천하의 사람들이 걱정하는 것을 앞서서 걱정하게 되며, 천하의 사람들이 즐거움을 누린 뒤에야 즐거움을 누린다고 하리라. 아! 이런 어진 사람이 없으면 나는 누구를 좇아 함께할 것인가?5)

---

5) "嗟夫, 予嘗求古仁之心, 或異二者之爲는 何哉. 不以物喜, 不以己悲, 居廟堂之高, 則憂其民, 處江湖之遠, 則憂其君, 是進亦憂, 退亦憂, 然則何時而樂耶. 其必曰, 先天下之憂而憂, 後天下之樂而樂歟. 噫, 微斯人, 吾誰與歸."(鐘基, 李先銀, 王身剛 譯注, 『古文觀止』, 中華書局, 2009)

위의 글 가운데 범중엄은 "(인간애를 행하는 어진 사람은) 외물外物로 말미암아 기뻐하지도 않으며, 자기의 개인의 일로 슬퍼하지도 않는다(불이물희不以物喜, 불이기비不以己悲)."와 "천하의 사람들이 걱정하는 것을 앞서서 걱정하게 되며, 천하의 사람들이 즐거움을 누린 뒤에야 즐거움을 누린다고 하리라(선천하지우이우先天下之憂而憂, 후천하지락이락後天下之樂而樂)."는 구절은 그의 정치와 삶의 자세를 가장 잘 보여 주는 부분이라고 할 수 있다.

이러한 이유는 이 글에서 자연풍광을 대할 때 나타나는 이 두 가지 부류의 사사로운 감정과 정서를 뛰어넘으려는 범중엄의 숭고한 정신이 잘 나타나 있기 때문이다. 사회지도자는 슬플 때나 기쁠 때나 항상 국가와 국민을 걱정해야 한다고 말하였다. 범중엄의 위 두 구절은 사회지도자 된 자는 주변 여건과 개인 득실에 관계없이 항상 국가와 국민을 위해 봉사해야 한다는 것을 의미한다. 이 때문에 악양루를 소재로 한 글 가운데, 범중엄의 「악양루기」를 능가하는 명문을 찾아보기 어려울 뿐 아니라, 이 글이 발표된 이후 악양루가 유명세를 탔다고 해도 과언이 아니다.

(2) 회화

악양루는 소수瀟水와 상수湘水, 그리고 동정호洞庭湖 주변의 아름다운 경치와 어울려 일찍부터 시인묵객뿐 아니라 그림을 그리는 이들의 관심 대상이 되기도 했다. 문화경관으로서의 악양루는 송대宋代 이후 이미 그림의 표현 대상이 되었다. 다음의 표는 바로 중국의 역대 악양루도를 정리한 것이다.

〈표 1〉 제목

時代	畵家	圖名
宋	院畵	岳陽樓圖
元	夏永(元末)	岳陽樓圖
明	佚名	岳陽樓圖軸
明	陳道復(1483~1544)	岳陽樓圖
明	謝時臣(1487~1548)	岳陽樓圖
明	安正文(生卒年月不詳)	岳陽樓圖
淸	龔賢(1619~1689)	岳陽樓圖軸
淸	張宗蒼(1686~1756)	岳陽大觀
淸	石濤(1642~1707)	岳陽樓圖
淸	石濤	江上浮峰
淸	石濤	雁引愁心去, 山銜好月來
淸	王翬(1632~1717)	洞庭秋霽
淸	袁江	岳陽樓圖
近代	齊白石(1864~1957)	洞庭君山
近代	吳湖帆(1894~1968)	氣蒸雲夢澤, 波撼岳陽城
當代	蔣兆和(1904~1986)	親朋無一字, 老病有孤舟
當代	秦仲文(1896~1974)	波撼岳陽城

〈사진 6〉 송대 「악양루도」

〈사진 7〉 하영 「악양루도」

〈사진 8〉 석도
「江上浮峰」

    <표 1>의 악양루도 가운데 가장 대표적인 그림으로는 원말元末 하

영夏永(자字 명원明远)의 「악양루도岳陽樓圖」를 들 수 있다. 하영은 전당钱塘(오늘날 절강浙江 항주杭州) 사람으로, 궁전 누각의 계화界画에 뛰어났으며, 이 그림은 그가 그린 「등왕각도滕王阁图」, 「황학루도黄鹤楼图」와 함께 중국의 대표적인 누각 그림이다.

그는 그림 바탕에 스스로 "지정칠년사월이십일至正七年四月二十日, 전당하영명원화병제钱塘夏永明远画并题"라고 쓴 관식款識로 보아, 이 그림은 원元 지정至正 7年(1347)에 그려진 것임을 알 수 있다. 그림에는 "의주진장仪周珍藏"·"비기각도서秘奇阁图书"의 감장인鉴藏印이 보인다.

그는 허실상응虛实相應하는 대각선 구도를 사용하였는데, 3층의 악양루를 화폭의 좌측에 배치하고 우측은 공백으로 두고 원산遠山이 띠를 두르도록 하여 공활한 느낌을 주었다. 필법笔法이 빼어나면서도 세밀한데, 직선·횡선·사선·호선弧线 등의 여러 가지 선을 교묘하게 결합시켰다. 가볍고 무거운 윤곽과 빽빽하고 성근 선이 교차하면서 누각의 원근감과 체적감을 표현하였다. 이 그림은 예술적 기교와 문학성이 결합하여 서정적 효과를 내어 중국 고대 문화경관 발전에 공헌한 바가 크다.

2. 한국의 악양루와 문화경관

1) 한국의 악양루 건립과 역사

현재 한국에서 악양루라고 명칭한 누각은 경남 함안에 있는 악양루와 경남 악양면에 있는 악양루 두 곳이다. 우선 본 절에서는 이 두 악양루에 관하여 살펴보도록 한다.

(1) 경남 함안 악양루 건립과 역사

이 누각은 경남 함안군 대산면 서촌리에 건립되어 있으며, 1992년 10월 21일 경남 문화재자료 제190호로 지정되었다. 안씨 문중에서 소유하며 문중에서 자체적으로 관리한다.

이 누각은 조선 철종 때인 1897년에 건립된 누각으로 남강과 함안천의 합류지점인 법수면에서 강을 건너면 기암절벽에 서 있다. 현재 건물은 옆에서 八자 모양의 단층 팔작지붕 건물로 정면 3칸, 측면 2칸 규모인데, 6·25전쟁 이후 1963년 복원하여 중수했다.6)

누각에서 보이는 법수면의 제방과 넓은 들의 전방이 좋아 중국의 명승지 악양의 이름을 따와서 누각의 이름을 지었다고 한다. 옛날에는 의두헌倚斗軒이라는 현판이 걸려 있었다고 하지만, 지금은 청남菁南 오재봉吳齋峯(1908~1991년)이 쓴 악양루라는 현판이 남아 있다.7) 오재봉은 진주 기곡사 주지로 있다가 말년에는 부산에서 활동한 서예가다.

〈사진 9〉 경남 함양의 악양루

6) http://100.naver.com/100.nhn?docid=737503 참조.

7) http://heritage.daum.net/heritage/28795.daum 참조.

(2) 경남 악양면 악양루 건립과 역사

경상남도 하동군의 악양루는 경남 하동군 악양면 미점리 344－1 (섬진강대로 3087) 개치마을에 있으며, 비지정문화재다.

현재 보존되어 있는 악양루는 2층 누각의 목조 건물로, 정면 3칸, 측면 2칸 규모의 팔작 기와지붕으로 되어 있다. 겹처마에 막새기와로 덮여 있으며, 연등천장을 하고 있다. 지붕의 네 귀퉁이에 용머리 장식을 하였으며, 주심포 기둥으로 되어 있다. 누각을 중심으로 사방에 담장이 둘러져 있으며, 악양루 현판은 정면과 오른쪽 측면 두 곳에 걸려 있다. 마루는 장마루이다.8)

나당 연합군의 당나라 장군 소정방蘇定方(592∼667년)이 중국의 악양과 같다고 하여 '악양'이라 이름하였다는 일화가 전한다. 따라서 이곳에는 악양루와 동정호, 군산이라는 지명도 있다.

악양루의 창건 연대는 정확하지 않으나, 조선 시대에 악양루와 관련된 유학자들이 기유시紀游詩가 전하고 있다. 이곳의 변천 역사에 대해서는 상세하게 전해져 오고 있지 않지만, 남아 있는 문헌 기록9)과 현전하는 건물을 중심으로 살펴보면 다음과 같다.

1936년 손영인, 이태성, 박준구 등 하동 지역 인사들에 의해 중건하자는 발의가 있었고, 이어 1937년 9월 악양루의 옛 터인 아미산 아래 언덕에 준공하였다. 이후 누대가 너무 높은 곳에 돌출되어 있어 비바람에 견디지 못하자, 여론을 따라 1947년 현재 위치인 하동군 악

---

8) http://kin.naver.com/knowhow/detail.nhn?d1id=10&dirId=10&docId=663470&qb=7ZiE7J6sIO2VmOuPm
   SDslYXslpHro6g=&enc=utf8§ion=kin&rank=1&search_sort=0&spq=0&pid=g8cL835Y7uCssbB8aI8ssc--
   333304&sid=T8GeT3aawU8AAHd-Aok

9) 『마을의 유래 및 사적전설』(하동문화원, 1986), 『河東樓亭齋誌』(河東文化院, 1997), 『땅 이름 큰 사전』
   (한글학회, 1982), 구자흠의 『하동지』(고향문화사, 1991) 참조.

〈사진 10〉 경남 하동 악양루 전경

〈사진 11〉 하동 동정호 전경

양면 미점리 도로변으로 이건하였다. 1969년 다시 이건 논의가 제기되었으나 하동군 악양면 미점리 주민들의 반대에 부딪혀 현재의 모습을 갖추게 되었다.[10]

2) 한국의 악양루 문화경관

(1) 문학

국내 문학작품 가운데 직접 악양루를 대상으로 지은 시는 두 작품 정도 보인다. 가장 먼저 보이는 작품이 조선 시대 사명당四溟堂 대사 (1544~1610년)의 「악양 입구의 섬진강에 배를 대고 최고운의 옛 흔

---

10) http://kin.naver.com/knowhow/detail.nhn?d1id=10&dirId=10&docId=663470&qb=7ZiE7J6sIO2VmOu
    PmSDslYXslpHro6g=&enc=utf8§ion=kin&rank=1&search_sort=0&spq=0&pid=g8cL835Y7uCssbB8aI
    8ssc--333304&sid=T8GeT3aawU8AAHd-Aok

적을 찾음(박악양강구방고운구적泊岳陽江口訪孤雲舊跡)」이다. 이 작품
의 본문을 살펴보면 다음과 같다.11)

　　　배 한 척을 타고 새벽에 곤양성을 떠나,
　　　해질녘 악양루 아래 바위에 배를 대었다.
　　　계수나무 깊은 곳 금상은 어디에 있는가,
　　　큰 학 한 마리만 날아갔다 날아오고 있구나.
　　　해가 저물어 어촌에서 불씨를 빌어 밥을 해먹고,
　　　모래톱에서 싸리와 대나무를 태우며 밤을 지샌다.
　　　해 뜰 무렵 일어나 비로봉을 바라보니,
　　　구름이 동남쪽으로 흘러가고 천지가 일색이로다.12)

　이 시는 유정 사명당 대사가 1559년 출가하여 전국 명산을 두루 다
니며 도를 닦다가 지리산 쌍계사를 가던 길에 악양 미점리에서 하룻
밤 노숙을 하며 악양루를 보았던 내용의 시이다. 사명당 대사는 이곳
을 지나면서 말년에 유랑생활을 했던 고운 최치원崔致遠(857~?)을
그리며 이곳의 삼회를 적었다. 그 역시 승려로 출가하여 득도를 위해
전국명산을 다니며 때로는 위의 시에서처럼 들판에 노숙을 하며 지
내며 자신의 호젓한 감정을 시에 담았다고 볼 수 있다.
　악양루를 읊은 또 다른 시로는 퇴계 이황退溪 李滉의 학통을 계승한
영남학파의 거두인 갈암葛菴 이현일李玄逸(1627~1704년)의 시 「악양루
옛터에 오르며(등악양루유지登岳陽樓遺址)」와 「화개의 정여창 집터를 지나
며(화개과정일두유허花開過鄭一斗遺墟)」이다. 작품을 살펴보면 아래와 같다.

---

11) 본고 논문 해석은 「古詩文에 나타난
　　岳陽樓」(http://cafe.daum.net/akyangschool/G9Ht/34?docid=oy4H|G9Ht|34|20050602233248&q=%C1%DF%
　　B1%B9+%BE%C7%BE%E7%B7%E7&re=1)를 참고하였음을 밝혀 둔다.

12) "孤舟曉發昆陽城, 暮泊岳陽樓下石. 金箱下處靑桂深, 飛去飛來鶴一隻. 黃昏餐火乞漁村, 人夜汀洲燃
　　楚竹. 平明起望毘盧峯, 雲盡東南天一色."

「악양루 옛터에 오르며(등악양루유지登岳陽樓遺址)」

풀 우거진 강 나루터 악양루 폐허의 땅을 찾았나니,
군산의 낙조는 오히려 의연하도다.
오초吳楚를 머금은 광활함과 아름다움을 뭐라고 형언하겠는가,
조물은 실로 조그만 동천을 만들었도다.13)

「화개의 정여창 집터를 지나며(화개과정일두유허花開過鄭一斗遺墟)」

지난해 종산서원을 찾아 흔적을 어루만졌지만
백년의 원통한 한이 오늘까지 머물고 있다
남쪽으로 내려와 우연히 화개현을 통과하노니
평소 생각에 더 보태어도 그를 그리워함은 다함이 없도다.14)

위의 두 시는 이현일이 1694년 함경도 종성에 유배되었다가 1697년 광양으로 유배지가 옮겨져 이동하는 도중 악양루 옛터를 지나다 지은 시이다. 그런데 우연히도 정여창 역시 함경도 종성에 유배되어 종산서원에 배향되었는데, 이현일은 정여창의 집터를 지나며 남달리 감회가 새로웠던 것이다. 따라서 이현일은 이곳 악양루 옛터와 정여창 옛 집터를 지나며 마치 중국 악양루를 거쳐 간 시인묵객들이 지녔던 회재불우한 심정으로 악양루 경관을 바라보았던 것이다.

(2) 회화

본 절에서는 한국의 「악양루도岳陽樓圖」에 대해 살펴보고자 한다. 현재 한국에서 악양루岳陽樓를 묘사한 대표적인 회화작품은 다음과 같다.

---

13) "爲訪遺墟草浦邊, 君山落照尙依然. 闊呑吳楚何須說, 造物眞成小有天."

14) "昨歲種山撫遺跡, 百年寃恨至今留. 南來偶過花開縣, 想像還添不盡愁."

〈표 2〉 제목

年代	畵家	圖名
고려	李光弼(고려 명종시기)	瀟湘八景圖
朝鮮	安堅(조선 초)	瀟湘八景圖 「洞庭秋月」
朝鮮	李秀文(1404-?)	岳陽樓圖
朝鮮	李澄(1581-?)	瀟湘八景圖 「洞庭秋月」
朝鮮	金明國(조선 중기)	瀟湘八景圖 「洞庭秋月」
朝鮮	李德益(17세기)	瀟湘八景圖 「洞庭秋月」
朝鮮	鄭敾(1676~1759)	小岳候月(「京郊名勝帖」陽川十景)
朝鮮	尹斗緖(1668-1715)	瀟湘八景圖 「洞庭秋月」
朝鮮	沈師正(1707-1769)	瀟湘八景圖 「洞庭秋月」
朝鮮	崔北(1712-1786?)	瀟湘八景圖 「洞庭秋月」
朝鮮	金得臣(1754-1822)	瀟湘八景圖 「洞庭秋月」
朝鮮	李在寬(1783-1837)	瀟湘八景圖 「洞庭秋月」

위의 표와 같이 악양루만을 묘사한 작품은 이수문李秀文의 「악양루도」가 유일하고, 이외에는 소상팔경도瀟湘八景圖 가운데 「동정추월洞庭秋月」 속에 묘사된 악양루가 대부분이다. 우선 이수문의 그림부터 살펴보고자 한다.

이수문의 「악양루도岳陽樓圖」는 대략 15세기 전기 작품으로 현재는 일본에서 개인이 소장하고 있다. 이 그림은 「향상구로도香山九老圖」와 화풍이 비슷한데, 중국의 악양루를 모델로 하여 그린 것이다. 이 작품은 중심축中心軸에서 약간 왼편으로 벗어났으면서도 대각선적對角線的 구성을 이루고 있다. 진경近景과 후경後景 사이에는 비교적 넓은 공간이 있음을 암시하고 있다. 조선 초기의 한국 산수화의 일면을 엿볼 수 있는 귀한 작품이다. 다음으로 소상팔경도에 묘사된 악양루에 대해 살펴보도록 한다.

안휘준安輝濬은 「소상팔경도瀟湘八景圖」의 화풍, 작가 및 작품 등을

역사적 시기로 나누어 다음과 같이 제시하였다.15)

① 고려 후기: 명종대明宗代(1171~1197년) 이광필의 소상팔경도.16)

② 조선 초기: 안견화풍安堅畵風의 편파이단구도偏頗二段構圖 및 편파삼단구도偏頗三段構圖로 병풍 제작, 세종대世宗代 안평대군安平大君의 명命에 의해 제작되었을 안견安堅의 소상팔경도(신전失傳)를 비롯하여 현전하는 소상팔경도로 국립중앙박물관國立中央博物館 소장품, 일본 곤월헌坤月軒 소장품, 일본 엄도嚴島 대원사大願寺 소장품, 재일在日교포 사천자泗川子 소장품.

③ 조선 중기: 안견화풍安堅畵風과 절파화풍浙派畵風을 받았으며, 이징李澄·김명국金明國·전傳 이덕익李德益 등의 소상팔경도. 각 폭의 고유한 특징이나 모티프가 생략되거나 다른 사시병풍四時屛風에 일부가 첨부되는 양상이었다.

④ 조선 후기 및 말기: 남종화풍南宗畵風이 수용되었으며, 윤두서尹斗緖, 정선鄭敾, 심사정沈師正, 최북崔北, 김득신金得臣, 이재관李在寬 등의 소상팔경도. 대개 파첩破帖으로 전한다. 19세기 이후에는 정통 화단에서의 창작이 많이 감소하였다.

위와 같이 고려 시대의 팔경도는 전하는 것이 없고, 조선 초·중기에 걸쳐 안견 화풍이 유행한 것으로 볼 때, 소상팔경도의 전통은 안평대군安平大君과 안견에 의해 형성되어 후대로 계승되었다고 볼 수 있다. 조선 중기 이후 고유한 특징이나 모티프가 생략되거나 다른 사시병풍의 일부로 첨부되었으며 조선 후기나 말기에 이르러서는 파첩화

---

15) 安輝濬, 「한국의 소상팔경도」, 『韓國繪畵의 傳統』, 文藝出版社, 1988.

16) 李郭派 화풍의 「冬景山水圖」(일본 京都 相國寺 소장)를 통해 고려시대 소상팔경도의 화풍을 추정할 수 있으며, 두 경씩 합쳐서 묘사했던 양상을 엿볼 수 있다(안휘준, 앞의 책, 167~168쪽).

破帖化되었다고 하였다.[17]

　지금까지 중국의 악양루 문화 경관과 한국의 악양루 문화 경관을 각각 고찰하여 다음과 같은 특징을 살펴 볼 수 있었다

<段 사진 캡션>
〈사진 12〉 이수문의
「악양루도」

　첫째, 역대로 여러 문화 인사들이 중국 악양루 주변의 뛰어난 자연경관에 자신의 감정을 이입하여 문학작품과 그림을 그려 새로운 문화경관을 형성시켰다. 그들의 주요 감정은 자연의 아름다움을 통해 자신의 회재불우한 상황을 위로받고 다시 정계에 진출하고자 하는 욕망을 표현하고 있다. 이를 위해 자신의 인생관과 국가관을 재정비하는 자세도 엿보인다. 이러한 내용은 한국의 악양루 문화경관 형성에서도 크게 벗어나지 않고 있음을 고찰했다.

　둘째, 한국의 악양루는 전적으로 중국 악양루 문화경관의 지대한 영향을 받았다. 조선시대 문인들은 조선의 아름다운 산수에 그들이 글과 그림으로만 보고 흠모했던 중국 자연경관과 문화경관의 대표적인 명소인 악양루의 이름을 붙여 문화경관으로 탈바꿈하여 감상하였다. 이러한 이유는 현재 남아 있는 악양루가 두 개지만, 아마도 조선시대에는 악양루라고 하는 누각은 지금보다 많았을 것으로 추정된다. 또한 경남 하동에 있는 악양루 부근에는 중국 악양루가 있는 근처 지명을 붙인 것도 중요한 단서가 될 수 있다.

---

17) 안휘준, 앞의 책, 176쪽.

Ⅲ

유종원의 정체성 인식과 영주유기永州游記

이은상

중국에서 본격적인 유기游記의 창작은 유종원柳宗元(773~819년)에
서 시작되었다고 한다. 유기는 처음부터 그 명칭이 따로 존재했던 것
이 아니라 記라는 문체의 일종이었다. 유종원의 문집을 살펴보면 유종
원은 「영주팔기永州八記」를 비롯하여 '유기'로 분류할 수 있는 작품들
을 '기記'로 제題했다. 고대 중국인들은 이 '기'를 어떻게 인식했을까.
고문을 동명이체同名異體와 이명동체異名同體 문제를 고려하여 체계적
으로 정리하여 고문 분류의 표본을 제시한 『고문사류찬古文辭類纂』과
『경사백가잡초經史百家雜抄』에서 기는 '잡기류雜記類'로 분류했다. '잡
기雜記'는 어디에도 귀속시키기에 애매한 글쓰기이다. 고대 중국의 문
인들에게는 공식적으로 글을 써야만 하는 수많은 특정한 상황들이 주
어졌다. 각 부속장르들은 제각기 특정한 상황과 거기에 적합한 '레퍼

토리'가 주어진다. 『문선文選』에서 이선李善(대략 630~689년)은 "잡雜이란 어떠한 부류에도 구속받지 않으며, 외물外物을 접하여 곧바로 언어로 표현하기에 잡이라고 한 것이다."라고 규정하고 있다.

유종원이 그의 글에서 '유기'라는 명칭에 관해 언급한 적은 없다. 그는 「영주팔기」에서 서문에 해당하는 「시득서산안유기始得西山宴游記」의 제목에만 '유기'를 포함시켰으나 이 용어를 의식적으로 독립된 산문의 부속장르로 사용한 것으로 보인다. 원결元結(719~772년)의 「우계기右溪記」가 유종원의 「영주팔기」와 유사한 형태의 글쓰기를 보여주고 있는 점에서 볼 때 이러한 형태의 '여행기'가 출현하기 시작한 것은 중당中唐에 들어와서부터라고 할 수 있다. '잡기'로 분류되는 유종원의 '유기'는 그가 영주永州로 유배 온 '부득지不得志'한 문인으로서 자신의 감정을 분출하기 위한 사적 공간이었다고 볼 수 있다. 이 글은 유종원이 영주 폄적 기간에 창작한 「영주팔기」와 「팔우시서八愚詩序」를 연구대상으로 삼는다. 유종원이 806년부터 영주의 산수를 유람했지만 그의 산수유기山水游記의 창작이 몇 년 뒤인 809년부터 시작된 사실에 주목하고, 그의 '발분저서發憤著書'라고 볼 수 있는 유기를 통해 그가 어떻게 정체성 인식을 공간적으로 표출하고 있는지 살펴보고자 한다.

1. 유종원의 정체성 인식

805년 2월 28일에 순종順宗(재위 805년) 이송李誦이 즉위하고 얼마 안 있어 왕숙문王叔文(753~806년)이 개혁을 주도하여 정권을 잡았다. 적극적으로 왕숙문의 '영정혁신永貞革新' 운동에 참여했던 유종원은 그의 진사進士 동기생인 유우석劉禹錫(772~842년)과 함께 이 개혁운동의 핵심인물이었다. 감찰어사監察御使이던 유종원은 이 개혁운동으로 예부원외랑禮部員外郞으로 승진했다. 이 개혁은 얼마 안 있어 실패로 끝났다. 805년 8월에 헌종憲宗(재위 805~820년) 이순李純이 왕위에 오른 뒤 왕숙문은 피살되고 그와 함께 개혁에 참여했던 8명은 지방으로 유배되었다. 유종원 또한 805년 9월에 소주邵州(지금의 호남성 소양시邵陽市) 자사刺史로 폄적되어 임지로 가는 도중에 다시 영주사마永州司馬로 강등되어 영주에서 10년 동안 유배생활을 하게 된다. 유종원이 「영주팔기」를 쓴 기간은 809년부터 812년까지다. 그가 받은 관직인 사마는 한직이었다. 조정의 권력 실세에서 편벽한 영주의 폄적관으로 전락했고, 그와 함께 영주로 왔던 노모는 806년(원화元和 원년)에 세상을 떠났고, 장안에 있는 친구들은 유종원의 일에 연루될까 두려워 그에게 편지조차 하지 않았다. 이러한 상황에서 영주의 아름다운 산수가 유종원의 눈에 들어오지 않았을 것이다. 유종원은 809년(원화4년)에 한림학사인 이건李建에서 보낸 편지에서 영주 유배지에서 지내는 참담한 심경을 다음과 같이 토로한다.

> 영주는 초나라 땅에서도 가장 남쪽에 위치하여 그 모양새가 월나라 땅과 비슷합니다. 저는 마음이 울적해지면 밖으로 나가 거닙니다. 거닐다가도 얼마 못 가 다시 슬퍼집니다. 들판을 걷다보면 살무사와 말벌이 있어 하늘과 땅 위아래를 살피며 걸어야 하니 한 걸음을 내딛어도 피곤함을 느낍니다. 물가로 다가가면 물여우란 독충이 있는데, 이놈은 화가 나면 독을 뿜는데 그 독이 사람의 몸에 닿으면 움직이는 즉시 상처가 생깁니다. 때때로 그윽한 나무 그늘과 수려한 바위가 있는 곳에 다다르면 입가에 웃음을 머금다가도 이내 다시 울적해집니다. 왜 그럴까요? 이는 감옥에 갇힌 죄수가 화창한 봄날에 담벼락에 기대어 쓰다듬고 어루만지며 몸을 한 번 뻗

어보는 것과 같아서 그 당시에는 편안하게 느끼지만 위아래로 주위를 둘러보면 8척도 안 되는 좁은 공간을 끝내 벗어날 수 없으니 어떻게 오래도록 편함을 느낄 수 있겠습니까?

이때까지 유종원에게 산수 유람은 고통을 잠시나마 잊기 위한 수단이었다. 유종원은 809년까지 영주의 산수를 두루 여행했다. 유종원은 「시득서산연유기」에서 당시 유람의 상황을 다음과 같이 묘사하고 있다.

내가 죄인의 몸으로 이 영주에서 지내면서 항상 두려움 속에서 살았다. 시간이 날 때마다 천천히 걸으며 한가롭게 돌아다니곤 했다. 날마다 동무들과 높은 산에 오르거나 깊은 숲에 들어가고, 굽이진 계곡을 끝까지 가 보기도 했다. 깊숙이 숨어 있는 샘과 기괴하게 생긴 바위가 있는 곳이라면 아무리 멀다고 해도 다 찾아다녔다. 목적지에 도착하면 풀을 제치고 앉아 술병을 기울이다 취한다. 취하면 서로 베개 삼아 눕고, 눕다 보면 잠들어 꿈을 꾼다. 생각이 같은지라 꿈꾸는 것 또한 같다. 잠에서 깨면 일어나고, 일어나면 돌아간다. 그래서 영주의 산수 가운데 특이하게 생긴 것은 모두 다 돌아보았다고 생각했는데 서산의 빼어남을 이때까지도 알지 못했다.

글에서 밝히고 있듯이 유종원은 감옥 같은 영주에서의 외로움과 두려움을 떨쳐버리기 위해 영주 주변의 산수를 유람했다. 유종원이 영주의 산수를 유람하면서 자신의 소감을 글로 쓰기 시작한 것은 809년(원화4년)부터다. 그의 '영주유기'는 「영주팔기」의 마지막 작품인 「소석성기小石城記」를 쓴 812년(원화7년)을 끝으로 더 이상 지속되지 않았다. 영주 유배생활의 막바지인 814년(원화9년)에 쓴 「수산부囚山賦」에서 유종원은 영주의 산수를 감옥처럼 여기고 있다.

울창한 숲의 산은 가시 울타리를 쳐 놓은 감옥 같고, 감옥을 지키
는 개의 짖어댐은 호랑이와 표범의 으르렁거림으로 바뀌었다. 버려
진 우물 속에서 대롱으로 하늘을 올려보듯 좁고 험하여 도망갈 곳
이 없네. 애매하게 받은 죄명을 돌이켜보면 성인이라고 해도 그렇
게 떠들어대는 비방을 싫어할 것이다. 무소도 아닌 나를 잡아두고,
돼지도 아닌 나를 우리에 가두는가? 10년이 지나도록 나를 찾아와
살펴보는 이 없으니 무성하게 자란 다북쑥이 더욱 나를 옥죈다. 성
인은 날이 갈수록 세상을 잘 다스려가고, 현인은 연일 등용되는데
산이 나를 이토록 오래도록 가두어두게 만든 이 누구인가?

이 글에서 알 수 있듯이 유종원은 영주의 산수에 대해 염증을 느낀
다. 더 이상 글을 쓰는 대상이 아니다. 그렇다면 그가 왜 809년부터
812년까지 자신이 여행한 경험을 글로 푼 것일까. 809년에 발생한 정
치 상황에 주목할 필요가 있다. 시기적으로 809년(원화4년)은 헌종(재
위 805~820년) 이순의 치세시기로, 현종玄宗(재위 712~756년)의 개원
開元・천보天寶연간에 버금가는 번영을 누렸다. 헌종은 성격이 곧고
과단성이 있어 절도사의 횡포를 누르고 또한 물가를 안정시키고, 백
성들의 세금을 내려주는 등 당나라의 중흥을 위하여 애쓴 현명한 군
주였다. 그의 노력으로 809년은 점점 쇠퇴해가던 당나라가 잠깐 동안
의 중흥기를 맞이한 때이며 이는 헌종이 즉위하고 나서 계속적으로
번진藩鎭의 할거를 억제하며 인재를 기용했던 데에 기인한다. 당나라
의 중흥기를 맞이한 가슴 벅찬 감회를 유종원은 「여배훈서與裵塤書」
에서 다음과 같이 전하고 있다.

성상께서 날로 이 나라를 태평성세로 다스리고 있어, 조공을 바치
지 않고 왕으로 섬기지 않는 자는 모두 토벌하여 나라의 제도를 크
게 세웠는데, 오래도록 우리들을 소원疏遠하신단 말인가? 그리하
여 결국 빛을 보지 못하고 격양가를 부르며 배를 두드리며 요순의

도를 즐길 수 없다는 말인가? 또한 천하가 모두 기뻐하는데 유독 네다섯 사람만 고통에 신음하고 있으니 풍요로운 자는 많고 곤궁한 이들은 적은데 어찌하여 우리 가운데 어느 누구 하나 불러들이지 않으신단 말인가?

유종원이 「영주팔기」를 쓰기 시작한 무렵과 헌종의 치세가 시기적으로 맞물린다. 영주에 유배된 유종원을 가장 괴롭혔던 것은 홀로 있다는 것이다. 세상으로부터 소외되어 고립되어 있다는 두려움이다. '감옥'에 갇혀 있으면서 이 좋은 시대에 나아가 웅지를 펼치고 싶었던 유종원은 글쓰기를 통해 자신의 역량을 드러내보고 싶었을 것이다. 또한 태평성세를 맞이하여 대사면을 통해 복권/복직되어 자신의 뜻을 펼쳐보고 싶은 열망이 그의 글쓰기를 자극했을 것이다. 그가 선택한 글쓰기는 유기였다. 809년에 유종원은 장안으로의 복귀를 희망했지만 뜻을 이루지 못하게 된다. 그는 그 당시 장안으로의 복귀를 애타게 염원했고 그것이 실현되지 않아 매우 상심했다. 장안행이 좌절되었을 때 유종원은 「영주팔기」를 쓰기 시작했다. 그는 절친한 친구인 오무릉吳武陵에게 보낸 편지 「답오무릉논비국어서答吳武陵論非國語書」에서 "시대와 백성을 돕는 도를 현세에서 펼칠 수 없다면 이를 후세에 전해야 한다."고 자신의 마음을 피력했다. 실현 가능성이 없어 보이는 입공立功을 대신해 그가 선택한 방법은 입언立言이다. 그가 「영주팔기」를 통해 어떻게 자신의 역량을 드러내고 있는지 살펴보자.

2. 유종원의 공간서사

1) 땅의 구매

유종원은 「영주팔기」의 서문에 해당하는 「시득서산연유기」을 다음과 같이 끝맺고 있다.

그런 연후에야 내가 이제껏 돌아다녔던 것은 유람이 아니며 나의
유람은 이제 시작되었음을 깨닫게 되었다. 그러므로 글을 지어 기
록으로 남긴다. 이 해는 원화 4년이다.

유종원은 이 글에서 809년 이전의 유람은 진정한 유람이 아니며
서산西山을 발견하면서부터 진정한 유람이 시작되었다고 밝히고 있
다. 그가 왜 이 글에서 의식적으로 언급하면서까지 지금의 '노넒'을
이전의 것과 차별 두려는 것일까. 그리고 그는 어떠한 방식으로 지금
의 노넒이 이전의 것과는 다르다는 것을 보여주려고 하는가. 그가 맨
먼저 한 일을 서산의 땅을 구매하는 것이었다. 809년에 쓴 「고무담서
소구기鈷鉧潭西小丘記」를 살펴보자.

서산을 발견한 지 8일째 되던 날 나는 산 입구에서 서북쪽으로 길
을 따라 2백 보를 가니 또 고무담을 발견했다. 담에서 서쪽으로 25
보를 가면 물살이 거세고 깊은 곳에 통발을 설치한 어량魚梁이 있
다. 어량 위에는 언덕이 있는데 대나무와 나무가 자란다. 그곳의
바위는 갑자기 노한 듯 불쑥 튀어나오거나 한쪽으로 쓰러져 있다.
흙을 밀치고 나와 저마다 기이한 자태를 뽐내고 있는데, 이루다 다
셀 수 없을 정도다. 울퉁불퉁 서로 연이어 내려오는 것이 마치 소
와 말이 시냇물을 마시는 것 같고, 돌진하듯 각축하며 올라가는 것
은 마치 곰이 산을 오르는 것 같다. 언덕이 작아서 면적이 1무도
되지 않아 삼태기에 담아 가질 수 있을 것 같다. 땅 주인에게 물으

니, "당씨唐氏의 버려진 땅인데 팔려고 내놓아도 팔리지 않습니
다."라고 말한다. 그 값을 물으니 "4백에 불과합니다."라고 대답하
기에 나는 이 땅이 좋아 이 땅을 샀다. 나와 동행한 이심원李深源
과 원극기元克己는 모두 뜻밖의 싼 가격에 크게 기뻐했다.

유종원의 땅 구매는 계속된다. 810년에 쓴 「우계시서愚溪詩序」를
보면

우계愚溪(바보 시내) 가에 있는 작은 언덕을 사서 우구愚丘(바보
언덕)라 불렀다. 우구로부터 동북쪽으로 60보를 걸어가면 샘이 있
는데 이 또한 자리 잡고 살기 위해 사서 우천愚泉(바보 샘)이라 불
렀다.

유종원은 왜 땅을 구매했을까? 상식적으로 땅을 사는 것은 그것을
이용하기 위해서이다. 유종원은 자신의 유배지의 땅을 샀다. 부를 창
출하기 위해서가 아니었다. 소유권을 후손에게 물려주기에도 적절하
지 않은 궁벽한 땅이다. 그렇다면 왜 유종원은 영주의 땅을 샀을까?
유종원은 「고무담서소구기」에서 서산의 땅을 산 이유를 '내가 이곳
이 좋아서 땅을 샀다'고 밝히고 있다. 공자孔子는 '어진 사람은 산을
좋아한다'고 했다. 산을 노닐고 체험한 것을 글로 표현하는 것은 시
인에게 자신이 인仁의 역량을 갖추고 있음을 보여줄 수 있는 기회를
제공한다. 유종원은 유생이다. 유교 경전을 공부해서 과거시험에 합
격하여 관리가 되어 왕을 도와 '천하'세계를 교화하는 것이 유생들이
평생토록 가슴속에 간직하고 있는 소명이다. 유종원이 왕숙문의 '영
정혁신'에 핵심멤버로 참여한 것은 그가 권력욕에 눈이 어두워서가
아니었다. 그는 왕을 도와 이 천하세계를 교화하고 싶었다. 개혁이 실
패하여 지금은 이 궁벽한 땅에 '갇혀' 있다. 지금 세상은 태평성세를

구가한다. 이렇게 좋은 시대에 왕의 부름을 받아 그를 보좌하여 이 세상을 교화하고 싶다. 그러나 아무도 나를 알아주지 않는다. 외롭고 이 세상에서 소외되어 고립되어 있다는 생각이 그를 괴롭힌다. 유종원은 자신의 정체성을 표출할 공간이 필요했다. 그가 이익을 창출할 수도 없고 후손에게 물려주기도 마땅하지 않는 벽지의 땅을 산 것은 자신의 정체성을 공간적으로 펼치기 위함이 아닐까? 위에 인용한 「고무담서소구기」에서 유종원은 땅 주인의 입을 통해 자신이 구매한 땅이 '당씨의 버려진 땅'이라 했다. 그런데 왜 하필이면 '당씨'인가. 유종원이 당唐을 의식한 것은 아닐까. 당나라에 의해 버려진 땅. 버려진 '야만'의 땅을 문명화함으로써 유종원은 자신의 역량을 드러내 보일 수 있다.

2) 공간의 장소화

고무담의 서쪽 작은 언덕을 구매한 뒤 유종원이 한 일은 이 '버려진 땅'을 사람이 살 수 있는 환경으로 바꾸는 것이었다.

> 우리는 곧바로 농기구를 가져와 잡초를 베고, 잡목을 잘라내어 불태웠다. 그랬더니 빼어난 나무와 아름다운 대나무 그리고 기이한 바위가 모습을 드러낸다. 그 속에서 바라보니 산은 높고 구름은 떠다니고 개울물은 흐르고 새와 짐승들이 즐겁게 놀고 있다. 이 모두가 즐겁게 기교를 뽐내며 이 언덕 아래에 선보이는 것 같았다.

위의 글을 찬찬히 살펴보면 유종원이 '우공禹貢'을 의식하고 있음을 알 수 있다. 『서경書經·우공禹貢』에 의하면 "삼강三江이 이미 바다로 들어가니 진택震澤이 안정됨에 이르렀다. 살대와 큰 대가 이미 퍼져 잘 자라니, 풀은 여리게 자라며 나무는 높이 자라고 흙은 진흙이다.”라고 한다. 이에 대해 공안국孔安國은 “홍수가 물러가 대나무가 퍼져서 자라게 되었다.”라고 풀이한다. 『서경·우공』과 마찬가지로 유종원 또한 위의 글에서 대나무를 언급하고 있다. 공안국의 풀이에 따르면 대나무가 존재한다는 사실은 혼돈에서 벗어나 우주의 질서를 되찾았음을 나타낸다. 유흠劉歆(23년 졸)은 그의 ‘『산해경山海經』 읽기’라 할 수 있는 「상산해경표上山海經表」에서 홍수를 다스린 우의 ‘우공’에 관해 다음과 같이 설명하고 있다.

『산해경』은 당요唐堯와 우순虞舜의 시대에 나왔습니다. 옛날 큰물이 넘쳐 중국을 휩쓸자 백성들은 삶의 터전을 잃고 산언덕을 헤매거나 나무 위에 집을 짓고 살았습니다. 鯀이 치수에 아무런 공적을 이루지 못하자 요는 우에게 그 일을 계승하게 했습니다. 우는 네 가지 탈 것을 타고 산을 따라 여행하며 나무를 베고 높은 산과 큰 강의 자리를 바로잡았습니다. 익益과 백예伯翳는 날짐승과 들짐승을 몰고, 산천에 이름을 붙이고, 조복을 분류하고, 강과 육지를 구분하는 일들을 주관했습니다. 사악四嶽의 도움으로 온 누리를 주유하여 사람의 발길이 잘 닿지 않은 곳과 배와 수레가 쉽사리 미칠 수 없는 곳에까지 이르렀습니다. 안으로는 五方의 산들을 구별하고 밖으로는 八方의 바다를 구분하여 각 지역의 진기한 보물과 기이한 물건, 낯선 지방에서 자라는 것, 강과 육지의 풀과 나무·날짐승과 들짐승·곤충·기린과 봉황이 깃드는 곳, 상서로운 조짐이 숨어있는 곳 그리고 사해의 밖 너머에 있는 나라들과 그곳에 사는 색다른 사람들에 관해 기록했습니다. 우는 이 세계를 九州로 나누고 풍토에 따라 공물을 바치게 했습니다. 그리고 익 등은 사물을 좋고 나쁨에 따라 분류하고 『산해경』을 지었습니다. 그 내용은 모두 성현들께서 남기신 일들에 관한 것이며 옛 글들 가운데 밝게 빛을 발했던 것입니다. 여기에서 다루는 사건들은 분명 믿을 만합니다.

우가 홍수를 다스리기 위해 한 일은 우주의 구도를 체계적으로 잡아가는 것이었다. ‘우공’은 홍수로 인해 혼돈에 빠졌던 세계에 조화와 질서를 가져왔다. 유흠의 해석에 따르면,『산해경』은 홍수를 다스리기 위해 우를 도와 황하의 원류를 찾아 우주의 구도를 조직화했던 익이 사관의 입장에서 그가 보고들은 것을 기록한 일종의 우주지宇宙誌 또는 우주형상지宇宙形狀誌(cosmography)라 할 수 있다. 유흠에게『산해경』은 일종의 여행안내서로 비쳤다.

3) 공간에 이름 붙이기

유종원이 자신의 구매한 땅을 '문명화'하고 난 다음 한 일은 그 공간에 이름을 붙이는 것이었다. 이 일은 그가 810년에 쓴「우계시서」에 잘 표현되어 있다.

> 관수灌水의 북쪽에 시내가 하나 있는데, 동쪽으로 흘러 소수瀟水로 들어간다. 혹자는 '염씨冉氏가 여기에 살았었기에 이 시내에 성을 붙여 염계冉溪(염씨의 시내)라 불렀다.'라고 하고, 또 어떤 사람은 '이 물로 염색할 수 있기 때문에 그 기능을 가지고 이름을 지어 염계染溪(물들이는 시내)라 했다.'고 한다. 나는 어리석은 탓에 죄를 지어 이곳 소수로 귀양을 왔다. 이 시내가 좋아 2, 3리 들어가 보니 더욱 빼어난 절경을 발견하게 되어 여기에다 집을 지었다. 옛날에 우공곡愚公谷(바보 계곡)이 있었지만, 지금 난 이 시냇가에 집을 짓고도 이름을 정하지 못했다. 이 땅에 사는 사람들이 이러쿵저러쿵 말이 많아 이름을 바꾸지 않을 수 없게 되어 이름을 바보 시내로 고쳤다. 우계 가에 있는 작은 언덕을 사서 바보 언덕이라 불렀다. 우구로부터 동북쪽으로 60보를 걸어가면 샘이 있는데 이 또한 자리 잡고 살기 위해 사서 바보 샘이라 불렀다. 우천은 구멍이 모두 6개로 산 아래 평지로 흘러가는데, 아마도 물이 위로 솟아오르기 때문일 것이다. 이 물은 합류하여 구불구불 남쪽으로 흘러가는데 이를 우구愚溝(바보 도랑)라 불렀다. 흙을 나르고 돌을 쌓아 그 좁은 곳을 막고는 이곳을 우지愚池(바보 못)라 불렀다. 우지의 동쪽에 우당愚堂(바보 집)을 짓고, 그 남쪽에는 우정愚亭(바보 정자)을 지었다. 못의 한가운데는 우도愚島(바보 섬)를 만들었다. 아름다

운 나무와 기이한 돌이 섞여 놓여 있어 이 모두가 산수 가운데 기
이한 것들인데 나로 인해 모두 바보라는 모욕을 당했다.

유종원은 자신이 구매한 자연에 이름을 붙이고, 우당愚堂과 우정愚
亭 등의 건축물을 세웠다. 자연 속에 건축물을 짓는 것은 자연을 소유
하기 위함이다. 건축물은 자신이 소유한 것에 대한 시각적 표시일 뿐
만 아니라 자신이 소유한 땅을 조망할 수 있는 공간이다.

카터(Carter)에 따르면, 공간에 이름을 붙이고 의미를 부여함으로써
공간은 장소가 된다. 유종원이 자신이 구매한 공간에 이름을 붙여 의
미를 부여함으로써 공간을 장소화한 일련의 행위는 그의 정체성 표
출과 밀접한 관련이 있다. 공간에 이름을 새겨 넣는 것은 그 공간을
장소화하며 주변의 환경을 인간적인 것으로 만든다. 일종의 '야만'적
인 공간을 '문명화'한 것이라고 볼 수 있다. 또한 공간에 이름을 붙이
는 것은 현실의 권력 관계를 반영하는 정치적인 행위가 된다. 이름을
붙임으로써 그 대상에 대한 지배력을 행사할 수 있다. '야만적'인 공
간은 주유하며 분류하고 이름을 붙임으로써 '문명화'된다.

투안Tuan은 공간을 움직임, 개방, 자유, 위협으로, 장소를 정지, 안
전, 안정, 애정으로 비유한다. 그러면서 무차별적인 공간에서 출발하
여 우리가 공간을 더 잘 알게 되고 공간에 가치를 부여함에 따라 공
간은 장소가 된다고 말한다. 유종원이 영주의 산수를 유람하고, 땅을
구매하여 구획하고 공간에 이름을 붙인 것은 투안이 말하는 공간에
가치를 부여하여 장소화한 것으로 볼 수 있다.

세르토Certeau는 장소에 관한 글쓰기의 서술 형태를 크게 '지도
(map)'와 '여행(tour)'으로 나눈다. 첫 번째 형태인 '지도map'는 '그 여

자의 방은 부엌 옆에 있다.'와 같은 서술 방식이고, 두 번째 형태인 '여행tour'는 '오른쪽으로 돌아 거실로 들어간다.'와 같은 서술 방식이다. 하나는 '보는 것(seeing)'이고 다른 하나는 '가는 것(going)'이다. 대부분의 장소에 관한 서술에서 두 번째 형태가 압도적인 비중을 차지한다. 「소석성산기」의 "서산의 길 입구에서 곧바로 북쪽으로 가서 황모령을 넘어 아래로 내려가면 두 갈래 길이 있다. 그 가운데 한 길은 서쪽으로 나 있다. 그 길을 따라가 봐도 발견되는 것이 없다. 또 다른 길은 조금 북쪽에 치우쳐 동쪽으로 향해 있는데 40장도 넘지 않은 곳에 지세가 끊어져 물이 두 갈래로 흐르는데, 쌓인 돌이 그 흐름을 가로 막고 있다."는 세르토가 말하는 장소에 관한 글쓰기에서 첫 번째 형태에 속하며, 위에 인용한 「고무담서소구기」의 "서산을 발견한 지 8일째 되던 날 나는 산 입구에서 서북쪽으로 길을 따라 2백 보를 가니 또 고무담을 발견했다. 담에서 서쪽으로 25보를 가면 물살이 거세고 깊은 곳에 통발을 설치한 어량이 있다."와 「우계시서」의 "우구로부터 동북쪽으로 60보를 걸어가면 샘이 있는데 이 또한 자리 잡고 살기 위해 사서 우천(바보 샘)이라 불렀다."와 같은 표현은 두 번째 형태의 글쓰기이다.

세르토를 비롯한 몇몇 학자들은 정체성의 형성과 장소가 어떻게 결부되어 있는지를 다양한 방식으로 논하고 있다. 그들은 공간에 이름을 붙이고, 의미를 부여함으로써 공간이 장소가 된다고 지적하면서, 장소들 그 자체가 더 이상 우리의 정체성을 분명하게 보장해주는 것은 아니지만, 여전히 상징적, 심리적 차원에서 정체성 형성에 커다란 영향을 끼치고 있다고 주장한다. 현실에서 불평등을 경험하게 될 때 개별 주체들은 정체성을 생각하게 된다. 카터Carter는 정체성과 공동체 그리고 소속감의 문제에 중점을 두면서, 개별 주체들이 서로 유기적인 관계를 맺는 '집단 정체성의 정치'에 관해 논한다. 그는 정체성이 특정한 장소와 시간에 뿌리를 두면서 그 속에 구현된 이야기 구조에 의해 형성됨을 지적한다. 유종원의 공간서사 쓰기인 「영주팔기」를 카터가 말하는 '정체성 형성의 공간화'라는 맥락에서 이해할 수 있겠다.

4) 새겨 넣기

유종원이 마지막으로 한 일은 자신이 자연을 유람하면서 체험한 경험을 글로 쓴 것을 돌에 새겨 넣는 것이었다.

> 바보가 쓴 글로 바보 시내를 노래하니 둘은 멍청하면서도 서로 어긋나지 않고 멍히면서도 만물과 함께 돌아가니 혼돈의 경계를 넘어 보아도 보이지 않고 들어도 들리지 않는 우주의 공간으로 돌아가서, 적막하고 고요함 속에 나 자신마저 잊겠노라. 이에 「팔우시八愚詩」를 지어 시냇가 돌 위에 새긴다.

「우계시서」의 마지막 부분이다. 우리는 또한 유종원의 다른 유기에서도 돌에다 자신의 글을 새겨 넣는 유종원의 모습을 발견할 수 있다. 자신이 쓴 글을 돌에 새겨 넣음으로써 글에서 표현한 공간을 영원히 소유할 수 있다. 또한 새겨 넣음을 통해 자신이 자연에서 체험한 순간의 경험을 영구화할 수 있다. 공간의 영원한 소유는 오직 글쓰기를 통해서 이루어진다.

유종원이 돌에다 자신의 글을 새겨 넣은 것은 중국의 오랜 문화관습을 따른 것이다. 그 기원은 상商(대략 기원전 1600년~기원전 1045년)나라로 거슬러 올라간다. 당시 왕들은 국가의 중대사를 결정하기 위해 거북 껍데기와 물소 어깨뼈를 매개로 점을 쳤다. 그들은 거북 껍데기에 열을 가해 생기는 균열을 인간사회에 대한 하늘의 의사를 나타내는 징조로 보았다. 거북 껍데기에 생긴 균열을 해독하는 것은 정인貞人이 맡았다. 그들은 자신이 해독한 내용을 거북 껍데기에 새겨 넣었다. 이것이 바로 중국 최초의 문자라고 할 수 있는 갑골문이다. 말하자면 정인은 하늘의 마음을 읽어내는 자라고 할 수 있다. 왕필王弼(226~249년)이 『주역약례周易略例 · 명상明象』에서 설명하는 '의意－상象－언言'의 관계는 정인과 갑골문의 관계를 설명하는 데도 적용된다. 정인은 왕을 보좌하여 거북 껍데기에 생긴 균열(상象)을 보고 지상의 통치자에 대한 하늘의 생각(의意)을 해독한 것을 거북 껍데기에 글(언言)로 새겨 넣는 자이다. 후대의 사관은 이러한 정인의 전통을 계승했다. 『주역周易 · 분賁』에서는 "천문을 관찰하여 계절의 변화를 살피고 인문을 관찰하여 이를 통해 천하에 교화를 이룬다."고 한다. 사관이 관찰해야 할 대상은 하늘의 무늬인 천문天文과 땅의 결인 지리地理 그리고 인간사회의 무늬인 인문人文이다. 상象의 범위가 거북 껍데기의 균열에서 확대되었다. 눈에 보이는 모든 현상들을 상으로 볼 수 있다. 문인은 정인과 사관의 상을 관찰하는 전통을 계승했다. 문인에게 '세계 읽기'는 그가 문인으로서 반드시 갖추어야 할 소양이자 정치적 역량이다.

언어라는 기호화된 아름다운 '무늬(문文)'를 통해 문인들은 미지의 세계 또는 중국의 주변지역(변경邊境/야野)에 대해 그들의 '이질적인 것(기奇)'을 변화시켜 '중국'과 동질화(정正, 문명화)하고 그들을 자신들 중국의 세계질서의 울타리 안으로 끌어들임으로써 그들에 대한 지배를 주장한다.

유종원은 809년(원화 4년)에 쓴 「기허경조맹용서寄許京兆孟容書」에서 "오직 중정신의中正信義를 뜻으로 삼고 요순堯舜과 공자의 도를 일으켜 백성을 이롭고 평안하게 함을 임무로 삼았다."고 자부했다. 유종원이 왕숙문의 개혁운동에 참여한 것은 권력욕에 눈이 어두워서가 아니었다. 왕을 도와 천하세계를 교화하고 싶었다. 개혁이 실패하여 지금은 이 궁벽한 땅에 '갇혀' 있다. 지금 세상은 태평성세를 구가한다. 이렇게 좋은 시대에 왕의 부름을 받아 그를 보좌하여 이 세상을 교화하고 싶다. 그러나 아무도 그를 알아주지 않는다. 개혁을 반대했던 무리들은 온갖 유언비어를 날조하여 유종원을 비방, 인신공격했고 과거 그와 교류했던 친구들조차 '괴민怪民'이라 낙인 찍힌 그와 연루될 것이 두려워 그와 서신왕래를 하지 못했다. 외롭고 이 세상에서 소외되어 고립되어 있다는 생각이 그를 괴롭힌다. 유종원은 자신의 정체성을 표출할 공간이 필요했디.

유종원은 영주를 '오랑캐의 땅'으로 인식했다. '당씨'에 의해 버려진 땅이다. 중원과는 다른 야만의 땅이다. 이 '다른 공간(헤테로토피아heterotopia)'에서 공간적 실천을 통해 조화와 질서가 존재하는 대안적인 세계를 건설할 수 있다. 현재와는 다른 대안적인 사회질서를 창출할 수 있는 혼돈의 공간이다. 그가 구매한 영주의 땅은 유종원에게 새로운 정체성을 창출할 수 있는 '정체성 공간'이었다. 그는 '우공'을 흉내 낸다. 그는 자신이 산 땅을 구획하고, 건축물을 짓고, 공간에 이름을 붙임으로써 공간을 장소화했다. 우임금의 공간적 실천을 통해 '중국'이 홍수에서 벗어나 질서를 회복했듯이 유종원의 노력으로 당씨에 의해 버려진 '이질적인 공간異域'은 문명화되었다.

IV

한중 연군문학 비교 연구

-굴원의 「이소離騷」와 정철鄭澈의 「사미인곡思美人曲」을 중심으로-

최상은

　　동아시아의 중세는 한자·한문을 공동문어로 하는 보편문화 시대였다. 문화권 전체가 보편문화를 공유하면서 각 민족·국가는 개별문화를 창조해 왔다. 따라서 보편문화와 개별문화의 역학관계에 대한 연구는 중세 문화 연구의 요체가 된다.

　　이 글은 이러한 전제에서 한국과 중국의 연군문학을 논의해 보고자 한다. 유학을 주 이념으로 했던 한국과 중국의 문학에서 연군문학은 매우 중요한 위치를 차지한다. 치군택미致君澤民은 유학을 이념으로 하는 사람들에게는 가장 중요한 행동강령이었고 삶의 목표였다. 그런데 그것이 좌절되었을 때, 그들은 절망했다. 문학의 진정성은 절실한 경험에서 우러나온다고 볼 때, 연군문학은 중세 문학의 한 단면을 가장 선명하게 보여 줄 수 있는 작품군이라고 볼 수 있다.

　이 글에서는 중세 보편문화 시대에 연군문학의 전범典範이 된 초楚나라 굴원屈原(기원전 343년~기원전 285년)1)의 초사楚辭와 초사에 대한 조선 사대부들의 인식, 그리고 송강松江 정철鄭澈(1536~1593년)의 시가詩歌를 통하여 그 보편성과 개별성에 대하여 살펴보고자 한다. 초사, 특히 「이소離騷」는 연군문학의 기원를 이루는 작품이다. 죽음을 불사한 굴원의 충성심이 드러나 있고 뛰어난 문학성을 지닌 「이소」는 유교를 주主 이념理念으로 하는 한문문화권에서 '이소경離騷經'이라 불릴 정도로 칭송되었다. 조선의 송강 역시 많은 한시와 가사 작품을 남겼는데, 그중 연군문학에 해당하는 작품들은 굴원의 「이소」와 비견할 만하다는 평가를 받는 등 후대까지 칭송의 대상이 되었다. 이러한 평가를 받은 두 사람의 작품을 비교해 봄으로써 한국문학에서 지니는 초사의 의미와 송깅가사의 가치를 가늠해 볼 수 있을 깃이다.

　「이소」는 우리나라 문학작품과 비평에 다양하게 수용되었다. 즉, 초사의 어구를 직접 인용하거나 시상을 원용한 문학작품의 창작은 물론, 초사의 문학적 성격을 논의한 비평2)이 고려 이후 지속적으로 이루어져 초사의 영향력이 얼마나 컸었는지 짐작하게 해 준다. 특히 송강의 「관동별곡關東別曲」・「사미인곡思美人曲」・「속미인곡續美人曲」을 「이소」에 비유하는 비평이 17세기 이후에 대거 등장하여 현대 연구자들의 관심을 끌었다. 송강가사에 대한 비평은 주로 주제면에서 연주

---

1) 河正玉, 「울분의 시인 굴원」, 「굴원 연보」, 『屈原』, 명문당, 2003, 26~31쪽, 366~370쪽 참조. 굴원의 생졸 연대에 대해서는 이설이 많이 있는데, 여기서는 이 책의 고증과 연보에 따른다. 어느 설을 따르든 이 글의 논지에는 영향이 없다.

2) 초사의 문학적 성격과 수용 방식에 대한 총괄적인 논의는 윤주필, 「楚辭收用의 문학적 전개와 비판적 역사의식」, 『한국한문학연구』, 제9・10합집, 한국한문학회, 1987, 423~475쪽 참조.

충군戀主忠君의 이념은 물론, 작품의 표현과 형상화에서 거둔 문학적 성과에 이르기까지 정철 문학의 우수성을 드러내기 위한 수단으로서 「이소」를 활용하였다. 현대의 연구자들은 이들 비평의 평어를 해석함으로써 가사작품의 당대적 의미를 구명하기 위하여 다양한 접근을 시도해 왔다.

서수생[3])은 충군사상이나 민속적·낭만적 성격 등을 중심으로, 송강가사를 초사에 비유한 비평들을 검토하였다. 윤주필[4])은 의론류議論類와 수용작품에 나타난 초사의 수용양상을 살피고 아울러 수용방식의 확대와 작품의 변모에 대하여 폭넓은 논의를 펼쳤다. 그중에서 의론류에 나타난 초사를 충군지사忠君之辭, 강개지사慷慨之辭, 탁의지사託意之辭 등 세 유형으로 나누어 논의했는데, 송강가사에 대한 의론류들은 초사를 충군지사로 인식하고 송강가사를 초사에 비유한 것으로 파악했다.

박영주[5])는 김만중이 송강가사를 '아동지이소我東之離騷'라고 한 것에 대하여 언어성과 주제성의 측면에서 논의했다. 언어성의 측면에서는 「이소」가 한자표현으로 이룩한 절조 못지않게 송강가사는 우리말의 특성을 잘 살려 우리 고유의 정서를 생명감 있게 표현해 내고 있다는 점, 그리고 주제성의 측면에서는 충신연주지사로서의 공통점과 토속신앙의 의례를 원용하여 그것을 유가적 가치와 이념으로 변용 표현하고 있다는 점에서 대비될 수 있다고 보았다. 박영주는 주제성과 함께 언어성을 함께 논의함으로써 심도 있는 결론에 이를 수 있었다.

---

3) 서수생, 「송강의 전후사미인곡의 연구」, 『경북대학교 논문집』, 제6집, 경북대, 1962, 204~210쪽.

4) 윤주필, 앞의 논문, 423~475쪽 참조.

5) 박영주, 「西浦가 송강가사를 '我東之離騷'라고 한 것에 대하여」, 『반교어문연구』 제1집, 반교어문연구회, 159~180쪽.

김진희6)는 송강가사에 대한 비평이 17세기 전반에는 예술작품으로서의 감동에 초점이 맞추어져 있었는데, 17세기 후반 이후에는 서인西人들을 중심으로 주로 이념적 측면을 강조하며 송강가사를 정전화正典化하고자 하였다고 했다. 즉, 굴원의 「이소」와 송강가사를 동등하게 취급함으로써 송강가사 역시 정전正典의 반열에 올려놓기를 의도한 것이었다고 했다. 다시 말해, 비평에 쓰인 평어들은 송강가사의 특징을 드러내는 것 자체에 목적이 있었다기보다는 그 가치를 제고하는 데 더 큰 목적이 있었다고 보았다. 작품의 문학성과 정치적 맥락을 고려한 의미 있는 해석이라고 볼 수 있다.

이상에서 굴원의 「이소」에 비유하면서 송강가사를 평가한 비평을 중심으로 한 기존의 논의들을 살펴보았다. 이러한 기존의 논의를 통해서, 어떤 비평이든 송강가사의 우수성을 단적으로 표현하기 위하여 「이소」를 활용했음을 알 수 있었고, 송강가사와 「이소」에 대한 조선조 사대부층의 평가 관점과 송강가사의 당대적 의미를 다양하게 이해할 수 있었다. 그런데 「이소」와 송강가사의 비평에 대해서는 논의가 왕성하게 이루어졌지만 정작 작품 자체에 대한 체계적인 논의는 별로 이루어지지 않았다. 그래서 이 글에서는 기존의 논의 결과를 밑거름 삼아 「이소」와 「사미인곡」을 집중적으로 분석해 보려 한다.

먼저, 기존의 논의에서도 논란이 많았던 이념 형상에 대한 논의를 통해서 다양한 사상이 작품의 주제를 향해서 어떻게 통일성을 얻어가는가에 대하여 논의해 볼 것이다. 아울러 시공간의 설정을 중심으로 작가의 세계관이나 현실인식의 문제를 논의해 보고자 한다. 이러

---

6) 김진희, 「송강가사의 수용론적 연구」, 연세대학교 대학원 박사학위논문, 2009, 58~70쪽 참조.

한 논의는 기존의 논의에서 얻은 결론을 좀 더 심화시킬 수 있을 뿐만 아니라 그동안 논의되지 않았던 두 작품의 문학성을 새롭게 확인할 수도 있을 것이다. 한편, 송강가사는 빼어난 문학작품이지만 그 가치를 드러내기 위해서는 중세 보편문화 시대 연군문학의 전범典範인 「이소」에 기대지 않을 수 없었음을 조선의 비평문을 통해서 알 수 있었다. 그래서 이 글에서는 그러한 보편성에 대한 논의에서 그치지 않고, 두 작품이 같은 문화권에 속하기는 하지만 각각 다른 시대, 다른 지역 작가의 손에서 나온 별개의 작품이라는 관점에서 그 개별성에 대하여 논의하고자 한다.

1. 이념理念 형상形象과 상상력

굴원의 사상에 대해서는 다양하게 논의되어 왔다. 도가의 조종祖宗인 노자老子와 장자莊子가 다 남방인이었고, 북방의 유가사상에 대해 도가사상은 남방의 사상이었으며, 굴원과 같은 남방인에게 이것은 어차피 천부의 성격이었다[7], 한없이 물결치는 낭만적 정서, 아름답게 펼쳐지는 광대한 환상적 공상적 세계, 거침없이 내닫는 영혼의 우주여행, 이지理知를 초월한 신비적 사상과 신선의 관념 등 참으로 굴원은 호화로운 사상의 소유자였다[8], 초사楚辭문학은 시경詩經과는 전혀 다른 시문학으로서 무축巫祝의 제사적祭祀的 가요에서 맹아 또는 축사祝史의 사辭에서 발달한 문학으로 남방 풍물 민속 속에서 독자적 발전을 도모한 획기적 고도문예였다[9] 등 굴원이 매우 자유분방한 사

---

7) 河正玉, 앞의 책, 34쪽.

8) 宋貞姬, 『楚辭』 1, 명지대학교 출판부, 1985, 32쪽.

상의 소유자였음을 얘기하고 있다. 그러한 성격과 함께 굴원의 애국 사상·정치관이나 역대 유가들이 「이소」를 충신 교과서로까지 삼았던 것을 근거로 유가 사상의 소유자라고 얘기하기도 한다.[10]

굴원은 사상가라기보다는 문학가이다. 그런데 이와 같이 다양한 사상의 소유자라고 얘기하는 것은 그의 문학 작품에 나타나는 사상이 그만큼 다양하기 때문일 것이다. 문학 작품에 동원된 사상은 그 자체로서 존재하는 것이 아니라 작품의 일관된 전개나 메시지의 효과적인 전달을 위한 기재器材가 된다. 다시 말하면 여러 사상은 굴원의 이념 형상화 수단이 되는 것이다.

그러면 여기서 「이소」의 이념 형상화 양상과 상상의 세계에 대하여 구체적으로 논의해 보자. 먼저 「이소」의 작품전개를 요약해 보면,

① 현실세세의 갈등
② 환상세계로의 배회
③ 현실세계를 떠날 결심

「이소」는 장편시이지만, 이렇게 크게 세 부분으로 나누어 볼 수 있다.

①~③에 걸쳐서 시종일관 제기되고 있는 갈등의 요인은 작가의 정치적 이념과 현실의 괴리이다. 다시 말하면, 작가가 추구하고 있는 이념은 요순堯舜이나 삼대三代의 성군聖君의 의義로운 정치에 있는데, 현실은 걸주桀紂를 비롯한 폭군들에 의해 현신賢臣들이 희생당한 과거의 상황과 다를 바 없는 데서 갈등이 시작된다. 폭력과 음해가 난무하는 정치현실에서도 변치 않는 충과 의리를 견지하고 있었다는

---

9) 서수생, 앞의 논문, 204~205쪽.
10) 하정옥, 앞의 책, 34쪽.

점에서 군신유의君臣有義의 유가적 이념을 굳건히 지키고 있었다고
평가할 수 있다.

> ① 앞뒤로 분주히 다녀 / 선왕의 발자취 따르렸더니 / 임은 내 마음
> 아니 살피시고 / 도리어 모함만 믿고 진노하시누나 / 나는 직언이
> 해로울 줄 알면서도 / 차마 버려둘 수가 없고 / 맹세코 하늘은 알리
> 라 / 오직 임 때문임을[11]
> ② 중매 어설프고 서툴러 / 전하는 말 미덥지 못할까 싶고 / 세상
> 혼탁해 어진 이 시새워 / 아름다움 가리고 악만 들추누나 / 규중은
> 이미 깊고 멀고 / 밝은 임금 또한 깨어나지 못하네 / 내 마음 펼 데
> 없이 품은 채 / 내 어찌 이들과 언제까지나 참고 살랴 / (중략) / (햇
> 빛 휘황한 하늘에 올라 / 문득 저 고향을 내려다볼 때 / 종도 슬퍼
> 하고 내 말도 그리움에 / 돌아보며 나아가지 못해라[12]
> ③ 난사에 이르기를 / 모든 것 다 끝났어라 / 나라에 사람 없어 날
> 알아주는 이 없는데 / 어이 고향을 그리워하랴 / 함께 좋은 정치할
> 만한 이 없는 바엔 / 나는 팽함 계신 곳 찾아가리[13]

①~③ 부분에서 한 대목씩 인용했다. 인용문①은 참언만 믿는 임
금과 직언을 그만둘 수 없는 자신을 대비하여 현실공간에서의 갈등을
선명하게 부각시켰다. 그리고 그 직언은 맹세코 오로지 임금을 위한
것이니 이는 하늘이 알 것이라고 하면서 자신의 충정을 강조하였다.

인용문②는 초나라를 떠나 천상세계를 헤매며 신들을 찾아다니기
도 하고 지상에 내려와 과거의 인물을 찾아다니며 자신의 마음을 알
아 줄 대상을 찾았으나 실패한 후 탄식하는 대목이다. 세상이 혼탁해

---

11) "忽奔走以先後兮 / 及前王之踵武 / 荃不察余之中情兮 / 反信讒而齋怒 / 余固知謇謇之爲患兮 / 忍而不能舍也
/ 指九天以爲正兮 / 夫唯靈修之故也"

12) "理弱而媒拙兮 / 恐導言之不固 / 世溷濁而嫉賢兮 / 好蔽美而稱惡 / 閨中旣以邃遠兮 / 哲王又不寤 / 懷朕情而
不發兮 / 余焉能忍與此終古 / (중략) / 陟陞皇之赫戲兮 / 忽臨睨夫舊鄕 / 僕夫悲余馬懷兮 / 蜷局顧而不行"

13) "亂曰 / 已矣哉 / 國無人莫我知兮 / 又何懷乎故鄕 / 旣莫足與美政兮 / 吾將從彭咸之所居"(河正玉, 「離騷」, 『屈
原』, 명문당, 2003, 52쪽, 86~87쪽, 101~102쪽, 105쪽)

져 아무도 믿을 수 없는 현실, 선을 덮어버리고 악만을 들추어내는 세상 사람들의 인심, 사리 분별 못하는 임금에 대한 안타까움이 배어 있다.

화자의 이러한 정서는 인용문② 후반부에 잘 나타나 있다. 영분靈氛의 점괘에 따라 자기를 알아줄 곳을 찾아 초나라를 영원히 떠나려고 천상 세계로 올라갔다가 언뜻 고향땅을 내려다보고는 발길을 멈추는 대목이다. 차마 조국과 임금을 버리고 떠나지 못하는 작가의 충정을 읽을 수 있다.

작품의 결말인 인용문③은 죽음으로 결의를 다지는 대목이다. 자신을 알아줄 사람이 아무도 없는 고향 땅에서는 아무것도 할 수 없다는 것을 깨닫고 팽함을 좇겠다고 했다. 이 결말 대목은 작품의 전반부, "아아 나는 그 옛 현인을 본받아 / 복식도 세속의 옷 아니고 / 요즘 사람에겐 맞지 않는다 해도 / 팽함의 남긴 본보기 따르리(긴오법부전수혜謇吾法夫前修兮 비세속지소복非世俗之所服 수불주어금지인혜雖不周於今之人兮 원의팽한지유칙願依彭咸之遺則)"라고 한 작가의 의지를 반복·강조한 것이다. 은나라의 자결한 직신直臣 팽함을 따르겠다고 한 것은 죽음을 각오하고 임금에 대한 자신의 충성과 직신으로서의 의지를 관철하겠다는 다짐으로 이해할 수 있다. 작품에 나타나는 이러한 충직한 정치이념을 근거로 후대의 수용자들, 특히 유학자들이 「이소」를 충신교과서, 충신연주지사의 전범으로 여겨 왔던 것이다.

그럼에도 불구하고 작품의 대부분을 차지하고 있는 ①·②부분에서는 도교적·무속적 성격이 두드러지게 나타나 있어서 유교적 성격과의 상관관계를 따져 볼 필요가 있다. 특히 ②부분은 작가가 초나라를 떠나 자신을 알아줄 천제를 찾아 천상의 세계를 배회하는 등 도가적 성격이 강하게 드러나 있다.

> 무릎 꿇어 옷섶 펼치고 말씀드려 / 환히 나는 이미 이 중정을 얻고
> / 네 마리 흰 규룡에 봉황수레 타고서 / 문득 바람에 티끌 날리며
> 나는 올라가노라 / 아침에 창오를 떠나 / 저녁에 나는 현포에 이르
> 러 / 잠시 이곳 천문에 머물려 하나 / 날이 어느덧 저물려 하누나14)

　현실에서 돌파구를 찾지 못한 화자는 물러나 순임금의 묘소를 찾아 하소연한 후 천상세계를 떠돈다. 한껏 화려한 수식으로써 부푼 기대감을 표현하면서 현포로 날아 올라가는 모습을 볼 수 있다. 현포는 상상의 공간으로서 작가의 이념을 피력하고 수용해 줄 수 있다고 생각하는 신들의 세계이다. 그러나 날은 저물고 문지기는 들은 체 만체한다.15) 천상세계에서도 화자의 뜻이 좌절되어 사태가 심각해져 가고 있음을 암시해 주고 있다.

　이러한 도가적 유선遊仙에다 무속적 상상력을 가미했다. 여러 날 천상세계를 헤매다 천제를 만나지 못하고 내려 와 세상을 돌아다니며 현인을 찾아 헤맸지만 실패하고는 정말 초나라를 떠나야겠다는 생각을 굳히고 무당에게 의지하게 된다.

> 경모초 구해다 점대 만들어 / 영분더러 나를 위해 점치게 하니 / 아
> 름다운 두 사람 합쳐지게 마련 / 진정 아름다운 이 누가 생각지 않
> 으랴 / 구주 넓고 큰 땅 생각하면 / 어찌 여기에만 미인 있으랴 / 애
> 써 멀리 떠나가 망설이지 마라 / 아름다운 사람 찾는 이 누가 그대
> 를 버리랴 / (중략) / 천신은 번쩍번쩍 영기 드날리고 / 내게 길한 까

---

14) "跪敷衽以陳辭兮 / 耿吾旣得此中正 / 駟玉虯以乘鷖兮 / 溘埃風余上征 / 朝發軔於蒼梧兮 / 夕余至乎縣圃 / 欲少留此靈瑣兮 / 日忽忽其將暮"(같은 책, 76~77쪽)

15) 같은 책, 79쪽. "吾令帝閽開關兮 依閶闔而望余(나 하늘 문지기더러 문 열어 달라 해도 / 천문에 기대어 나를 바라만 보누나)"

닭 말해 줬어라 / 힘써 위아래 오르내리며 / 법도 같이하는 이 찾고[16)

화자의 행동을 합리화하기 위하여 동원된 것이 무속이다. 무당인 '영분靈氛'과 '무함巫咸'을 등장시켜 초나라를 떠나야 하는 명분을 찾았다. 영분이 좁은 초나라에서 고민하지 말고 멀리멀리 떠나라고 하고, 무함이 영분의 말이 길吉하다고 보증을 하는 형태를 취하여 초나라 떠나는 것을 합리화하고 있다.

현실적인 유교이념을 실현하기 위하여 지극히 비현실적인 도가적·무속적 상상력을 동원한 이유는 무엇인가? 앞서 살펴본 바와 같이, ①부분에서는 혼탁한 정치현실과 결백한 자신의 대립을 통해서 갈등을 부각시키고, ②부분에서는 정치현실에서는 그 갈등을 풀 수 없기 때문에 비현실의 세계로 떠날 수밖에 없는 극한 상황을 보여 주었다. 즉, ②부분의 비현실적 환상성은 화자의 갈등이나 고민의 심각성을 보여주기 위하여 동원된 것으로 볼 수 있다. 그러한 심각성은 ③부분에 나타난바, 화자의 이념을 죽음으로 지키려는 의지로서 마무리하는 단계에까지 이르렀다. 다시 말하면, 「이소」의 전편에 흐르고 있는 이념은 초나라와 임금에 대한 忠이다. 순수한 화자의 충 이념과 오염된 현실을 극적으로 보여주기 위한 수단으로 도교나 무속과 같은 다양한 사상을 활용했다고 볼 수 있다. 조선시대 사대부들이 「이소」를 충신연주지사의 전범으로 여긴 것도 유교의 핵심 덕목인 충을 작품의 기조로 삼았기 때문이다.

그러면 송강의 「사미인곡」은 어떠한가 살펴보자. 「사미인곡」은 남

---

16) "索藑茅以筳篿兮 / 命靈氛爲余占之 / 曰兩美其必合兮 / 孰信修而莫心之 / 思九州之博大兮 / 豈唯是其有女 / 曰勉遠逝而無狐疑兮 / 孰求美而釋女 / (중략) / 皇炎炎其揚靈兮 / 告余以吉故 / 曰勉陞降以上下兮 / 求矩矱之所同"(같은 책, 86~87쪽, 92~93쪽)

녀의 연정으로써 유가儒家 사대부의 임금을 향한 충성 일념을 형상화한 충신연주지사라는 것은 일반화된 이야기이다. 그렇지만 「사미인곡」에도 유교 이외 도교적, 불교적 상상력이 동원되었다.

> 이몸 삼기실 제 님을 조차 삼기시니 / 혼싱 연분緣分이며 하눌 모룰 일이런가 / 나 ᄒ나 졈어 잇고 님 ᄒ나 날 괴시니 / 이 ᄆ음 이 ᄉ랑 견졸 ᄃ 노여 업다 / 평생平生애 원願ᄒ요ᄃ 혼ᄃ 녜자 ᄒ얏더니 / 늙거야 므스 일로 외오 두고 그리ᄂ고 / 엇그제 님을 뫼셔 광한전廣漢殿의 올낫더니 / 그 더ᄃ 엇디ᄒ야 下界예 ᄂ려오니 / 올 저긔 비슨 머리 헛틀언디 삼년일쇠 / 연지분臙脂粉 잇ᄂ마ᄂ 눌 위ᄒ야 고이 홀고 / (중략) / 어와 내 병이야 이 님의 타시로다 / 출하리 싀어디여 범나븨 되오리라 / 곳나모 가지마다 간ᄃ 죡죡 안니다가 / 향 므틴 ᄂ래로 님의 오시 올므리라 / 님이야 날인 줄 모ᄅ셔도 내 님 조츠려 ᄒ노라17)

「사미인곡」의 서두와 결말이다. 상계上界인 광한전에서 임을 모시고 있다가 하계下界로 쫓겨 내려와서 임을 그리워하고 있다. 화자가 가고자 하는 곳은 임이 있는 상계이다. 시종일관 임에게 가기 위하여, 임에게 자신의 마음을 전달하기 위하여 정성을 다하고 있는 화자의 모습을 그렸다. 결말에서는 불교의 윤회적 발상을 활용, 죽어서 범나비가 되어서라도 임에게 가겠다고 했다.18) 광한전은 원래 현실계가 아닌 비현실적 상상의 공간이지만 작품에서는 현실에 뿌리를 내리고 있는 유가의 지존인 임금이 있는 공간으로 형상화되어 있다. 그리고 윤회는 유가에서는 허용되지 않는 불교적 상상의 산물이지만 작품에

---

17) 임기중, 「思美人曲」, 『한국가사문학주해연구』, 아세아문화사, 2005, 97~98쪽. 여기서 인용한 판본은 '李選本'이다. 이하 「사미인곡」 작품인용은 이 부분에서 하므로 각주 생략함.

18) 이러한 도교적, 불교적 상상력은 "天上 白玉京 十二樓·三淸洞·紫淸殿·紫微宮·산·돌·비·믈" 등의 소재를 활용한 曺偉의 「萬憤歌」, "天上 白玉京·落月·궂은 비"를 소재로 활용한 송강의 「續美人曲」에서도 유사하게 나타난다.

서는 죽어서도 변치 않을 충성을 표현하는 수단으로 활용되었다. 상계와 하계를 단절된 공간으로 설정, 임의 곁으로 돌아가는 것이 불가능할 것 같은 절망적 현실인식을 보여주지만 죽음을 설정하면서까지 임의 곁으로 가겠다는 결연한 의지를 담고 있기도 하다. 남녀 간 연정戀情으로써 군신 간 충의忠義를 우의한 작품군의 전형적인 모습을 여기서 확인할 수 있다.

「사미인곡」은 자기를 쫓아낸 현실을 부정적으로 인식하면서 이상화된 현실, 즉 경국제민經國濟民의 이상이 실현되는 현실을 추구하지만, 그것이 불가능한 상황을 서로 단절된 공간인 천상계와 지상계, 그리고 윤회로 형상화한 것이다. 작품에 나타난 갈등은 부정적 현실에 관한 것이지 현실 자체는 아니다. 그리고 임금은 절대적 존재로서 화자가 다가가야 할 존재, 영원히 따라야 할 존재이지 비판하고 원망할 대상이 아니다. 그렇기 때문에 이 작품은 오히려 강한 현실 지향 의식을 형상화한 작품이라고 할 수 있다. 송강은 도교적·불교적 상상력을 활용하고 연정가의 정서를 수용하여 유가의 충 이념을 표현한 전형적인 사대부였던 것이다.[19]

그러면 「이소」와 「사미인곡」에 형상화된 이념을 비교해 보자. 앞에서 논의한 것처럼, 두 작품에서 기조를 이루는 이념은 유교이다. 두 작품 공히, 임금 곁에서 경국제민의 이념을 실현해야 하는데, 혼탁한 정치현실로 인해 소외당한 화자의 정서를 절박하게 그려냈다. 그렇지만 읽어 내려가는 과정에서 두 작품의 어조가 매우 다르다는 것을 느낄 수가 있다.

---

19) 최상은,「사대부가사에 나타나는 도가적·불가적 요소의 의미」,『조선 사대부가사의 미의식과 문학성』, 보고사, 2004, 193쪽 참조.

인용문①에 나타나 있듯이, 「이소」는 화자의 충정과 직언은 몰라주고 모함만 믿고 진노하고 변심한 임에 대한 원망, 선왕의 발자취를 따르지 못하는 임에 대한 안타까움으로 가득 차 있다. 그러나 「사미인곡」은 작품 서두에서 평생 인연으로 알고 사랑하면서 같이 살려 했는데 외로 떨어져 그리워하는 마음을 보여 줄 뿐, 임에 대한 원망은 전혀 표출하지 않았다. 또한, 「이소」에서는 "영수靈修"라는 용어를 사용하여 임금을 신성 존재로 명명하고 있으나 실제로는 우둔하고 변덕이 심한 평범한 인간으로 형상화하고 있는 데 비해서 「사미인곡」에서는 임금을 평범한 인간들의 연정가에서 쓰는 일상어인 "님"으로 명명했지만 실제로는 화자가 추앙하고 그리워하는 절대적 존재로 형상화하고 있다. 그렇기 때문에 「이소」의 어조는 임에 대한 원망과 정치현실에 대한 비분강개의 목소리로 점철되어 있지만, 「사미인곡」의 어조는 시종일관 절대자인 임를 향한 여인의 애절한 그리움의 목소리로 되어 있다.

또 다른 관점에서 두 작품을 비교해 보자.

(가) 경지 꺾어 반찬 삼고 / 옥가루 빻아 양식 삼으리 / 날 위해 비룡이 끌게 하고 / 옥과 상아 섞어 수레 꾸며 / 어찌 갈라진 마음 하나 되랴 / 나는 멀리 가 스스로 멀어지리 / 길 돌아 나는 저 곤륜산 바라고 / 길은 아득히 멀어 돌고 돌아 / 구름 무지개 날려 하늘 가리고 / 옥란 소리 딸랑딸랑 울리리[20]
(나) 굣디고 새닙나니 녹음綠陰이 씰렷ᄂᆞᆫ듸 / 나위羅幃 적막寂寞ᄒ고 수막繡幕이 뷔여잇다 / 부용芙蓉을 거더노코 공작孔雀을 둘러두니 / ᄀᆞ득 시름한듸 날은 엇디 기돗던고 / 원앙금鴛鴦錦 버혀노코 오색선五色線 플텨내여 / 금자히 견화이셔 님의옷 지어내니 /

---

20) "折瓊枝以爲羞兮 / 精瓊靡以爲粮/ 爲余駕飛龍兮 / 雜瑤象以爲車 / 何離心之可同兮 / 吾將遠逝以自疏 / 邅吾道夫崑崙兮 / 路修遠以周流 / 揚雲霓之晻藹兮 / 鳴玉鸞之啾啾"(하정옥, 앞의 책, 100~101쪽)

수품手品은 ㅋ니와 제도制度도 ㄱ줄시고 / 산호수珊瑚樹 지게우히
백옥함白玉函의 다마두고 / 님의게 보내오려 님겨신듸 ㅂ라보니 /
산山인가 구름인가 머흐도 머흘시고 / 천리千里 만리萬里 길희 뉘
라셔 츳자갈고 / 니거든 여러두고 날인가 반기실가

(가)는 초나라를 떠나는 화자의 행렬을 묘사한 대목이다. 비분강개
하여 초나라를 떠나면서도 영분에게 길일을 택하고, 경지·경미·비
룡·요상·운예·옥란 등 화려한 음식과 행장을 갖추었다. 이 대목뿐
만 아니라 「이소」는 서두에서도 화자는 자신이 고양高陽 임금의 후손
으로서 길일吉日에 태어났을 뿐만 아니라 뛰어난 재모才貌를 갖추고
수양을 해 온 인물이라고 했다. 임금과 신하는 물론 세상의 누구보다
도 화자가 고결한 인물임을 과시한 것이다. (나)에서도 미화법이 쓰였
지만, 수식의 대상이 화자가 아니라 임이다. 원앙금, 오색선, 금자, 산
호수, 백옥함 등의 소재를 통하여 임의 옷을 화려하게 미화함으로써
임을 고결한 존재로 만들어 주고 있다. 「이소」에는 자기과시 의식이
강하게 나타나 있는 데 비하여 「사미인곡」에는 임에 대한 순종 의식
과 정성이 배 있다. 그리고 「이소」에서는 임과 갈라진 마음이 다시
합쳐질 수 없으니 임에게서 스스로 멀어지겠다고 했다. 임을 버리고
떠나겠다는 의미이다. 그러나 「사미인곡」에서는 길이 험난하지만 임
의 곁에 가고자 하는, 그래서 임의 마음을 얻고자 하는 마음을 일관
되게 보여주고 있다.

　「이소」를 수용하는 과정에서 나온 부정적인 평가는 화자의 이러한
유아독존식의 충성과 결백 주장일 것이다.21) 특히 조선 사대부의 재

---

21) 李奎報, 「屈原不宜死論」, 徐居正, 『東文選』 Ⅷ, 권99, 민족문화문고간행회, 1982, 29, 619쪽. 이규보는
　　이 글에서 "作爲離騷 多有怨曠譏刺之辭 則是亦足以顯君之惡 而遂復投水而死 使天下之人 深咎其君(이소
　　를 지었는데, 여기에는 임금을 원망하는 비난과 풍자성을 띤 어구가 많았으니 곧 이것은 또한 임

도적載道的 문학론에서는 이렇게 현실을 부정적으로 바라보고 자신의 결백만을 내세우는 풍조를 기피했다. 퇴계退溪 이황李滉이 조선 초 이별李鼈의 「육가六歌」가 "불공스럽게 세상을 희롱하는 뜻이 있어 온유돈후하지 못하다"22)고 비판했고, 김상숙金相肅이 「사미인곡」을 긍정적으로 평가하면서 "신하는 임금에게 소외를 당할지언정 스스로 임금을 멀리 하지는 않는다"23)라고 했듯이 유가에서는 '완세불공玩世不恭'과 '자소自疏'를 도리에 맞지 않는 것으로 여겼던 것이다. 또한 유교에서는 괴력난신을 멀리 하였다.24) 그런데 「이소」는 민간신앙과 신화, 도가의 신을 두루 동원하여 현란한 상상력을 펼쳤다.

이러한 여러 가지 부정적인 요소가 있음에도 불구하고 주자朱子가 「이소」를 '이소경離騷經'25)으로 승격시키고 조선의 사대부들이 충신 연주지사의 전범으로 받아들인 것은 작품 전편에 흐르고 있는 화자의 이념인 나라와 임금에 대한 충忠 때문이었을 것이다.26) 그리고 최고

금의 잘못을 드러내기에 알맞은 것이었고, 마침내는 다시 물에 몸을 던져 죽어버려서 천하의 사람으로 하여금 깊이 그의 임금을 나쁘게 여기도록 하였다)."라고 했다.

22) 李滉, 「陶山十二曲跋」, 『退溪全書』, 성균관대학교 대동문화연구원, 1971, 973쪽. "惟近世 有李鼈六歌者 世所盛傳 猶爲彼善於此 亦惜乎其有玩世不恭之意 而少溫柔敦厚之實也(오직 근세 이별육가라는 작품이 세상에 많이 전파되고 있는데 전자보다는 이 작품이 더 낫다. 그렇지만 이 작품도 완세불공하는 뜻이 있고 온유돈후함이 적어서 애석하다)."

23) 金相肅, 「飜思美人曲 幷序」, 鄭澈, 『松江全集』, 성균관대학교 대동문화연구원, 1964, 408쪽. "臣雖見疎於君 而不宜自疎焉(신하는 비록 임금에 소외당하더라도 스스로 임금을 멀리 해서는 안 된다)."

24) 『論語』, 「述而」, "子不語怪力亂神(공자께서는 괴력난신을 입에 올리시지 않았다)."

25) 朱熹, 『楚辭集註』, 『朱子全書』, 上海:上海古籍出版社, 合肥: 安徽敎育出版社, 2002, 19쪽, 이 책에서 주희는 「이소」의 제목을 「이소경」이라 붙였다.

26) 같은 책, 16쪽. 주자는, "原之爲人 其志行雖或過於中庸 而不可以爲法 然皆出於忠君愛國之誠心 原之爲書 其辭旨雖或流於跌宕怪神 怨懟激發而不可以爲訓 然皆生於繾綣惻怛 不能自已之至意(굴원의 사람 됨됨이로 보아 그 지조와 행실이 비록 중용에서 지나쳐 법도로 삼을 수 없는 측면이 있기는 하지만, 그것은 다 임금에게 충성하고 애국하는 성심에서 나온 것이다. 굴원이 글을 지음에 그 말이 비록 질탕괴신으로 흐르고 원망하는 마음이 너무 격렬하게 표현되어 본받을 수 없는 측면이 있지만, 그것은 다 지극한 정성과 측은한 마음에서 나온 것이다. 이러한 지극한 마음을 스스로 그만 둘 수 없었던 것이다)." 주자는 여러 가지 부정적인 성향에도 불구하고 굴원의 충군애국의 의지와 정서를 높이 평가하였던 것이다.

귀족으로서 초나라를 위하여 정확한 현실인식으로 임금에게 직언을 마다하지 않았고, 결국 자신의 이념을 지키기 위하여 목숨까지 버린 굴원의 삶도 「이소」를 경經으로까지 승격시킨 요인이 되었을 것이다.

이상에서 논의한 바와 같이, 「이소」는 굴원이 "임금의 신임을 얻지 못한 근심"과 "조정에 협조자가 없는 근심"을 주제27)로 자신의 폭넓은 상상력을 다채롭게 펼친 작품이다. 즉, 「이소」는 유교를 비롯하여 신화, 무속, 도교 등 다양한 종교·사상을 포괄함으로써 자유로운 시상을 전개, 현실공간과 환상공간을 넘나드는 광대한 상상력을 펼쳤다. 이러한 상상력은 정치현실과 화자 사이의 골깊은 갈등으로 인한 정서의 변화를 역동적으로 형상화해 주면서, 죽음으로 지킬 수밖에 없는 외롭고 힘겨운 충직성을 확인할 수 있게 해 준다. 즉, 결의와 좌절, 희망과 절망, 원망과 기대 등 화자의 정서적 진폭이 얼마나 컸던가를 짐작하게 해 준다. 그렇지만 한편으로는 작품 전개 과정에서 나라와 임금에 대한 화자의 충성심을 보여주면서, 다른 한편으로는 그에 상반되게 임금과 정치현실에 대하여 냉소적이고 부정적인 정서, 임금을 능가하는 개인적·신분적 자만심을 감추지 않았다. 그뿐만 아니라 화자의 성격도 임을 그리워하는 연정가의 주인공에서 소외당한 신하 사이를 왔다 갔다 하고 있어서 시상전개에 통일성이 결여되어 있다는 인상을 버릴 수 없다.

「사미인곡」 역시 연주의 정서를 형상화하기 위하여 도가적·불가적 상상력을 동원하였다. 광한전이라는 천상의 신선경과 불가의 윤회에서 가능한 사후 세계를 등장시켜 시상을 확대시켰다. 그러나 「사미

---

27) 범선균, 「'이소'의 구조적 특징」, 『屈原文學論集』, 신아사, 2001, 262쪽.

인곡」에서의 도가적·불가적 요소의 비중은 「이소」에 비하여 매우 미약하다. 왜냐하면 화자 자신은 공간의 이동 없이 현재의 위치에 머물러 있을 뿐만 아니라, 임을 절대적 존재로 미화하고 임에 대한 화자의 신념을 강조하기 위한 수단으로 천상계와 사후세계를 설정했기 때문이다. 임을 절대자로 설정했기 때문에 화자는 임과 임이 다스리는 세계에 대하여 무조건적으로 숭앙하고 추종할 따름이지 원망하거나 비판하지 않는다. 그렇기 때문에 화자의 성격이나 임에 대한 화자의 태도도 그런 방향으로 일관되게 나타나는 것이다. 이렇게 볼 때, 「사미인곡」은 「이소」에 비하여 상상력의 범위는 줄어들었지만, 이념적으로는 유교로 순화되어 있고 문학적으로는 일관성과 세련미를 갖추었다고 평가할 수 있다.

2. 시時공간空間 설정과 현실인식

「이소」는 수많은 현실적·비현실적 공간들을 설정, 화자가 그 광대한 공간을 이동하는 행적을 중심으로 작품이 전개된다. 반면에 「사미인곡」은 공간 이동보다는 동일 공간에서의 시간의 흐름을 중심으로 시상이 전개되고 있다. 그래서 여기서는 두 작품의 시상전개의 특징과 그 의미에 대하여 시공간 설정을 중심으로 논의해 본다.

「이소」의 주 공간은 초나라의 현실 공간이다. 초나라는 화자가 궁극적으로 안착해야 할 공간이지만 갈등으로 인해 화자를 떠나게 만드는 공간이기도 한다.

모두들 다투어 탐욕 부려 / 가득해도 배고파 구하고 / 아아 제 마음

헤아리듯 남 헤아리고 / 제각기 이는 마음은 시새움이어라 / (중략) / 나무뿌리 캐어 백지를 맺어서 / 벽려의 떨어진 꽃을 꿰고 / 균계를 들어 혜초 엮노라 / 호승으로 꼰 어여쁜 꽃끈 / 아아 나는 그 옛 현인을 본받아 / 복식도 세속의 옷 아니고 / 요즘 사람에겐 맞지 않는다 해도 / 팽함이 남긴 본보기 따르리[28]

탐욕과 질투로 가득 차 있는 세속 사람들과 세속에 물들지 않은 고결한 풍모를 갖춘 화자를 대비시켰다. 세속 사람들과 현저하게 구별되는 화자를 두드러지게 드러내기 위하여 채초茝、벽려薜荔、균계菌桂、혜蕙、호승胡繩 등 향기 나는 초목으로 지은 옷을 입은 모습으로 자신을 미화했다. 문제의 심각성은 화자가 세속 사람들과 맞지 않는다고 해서 팽함을 본보기로 삼겠다고 한 데 있다. 팽함을 따르겠다고 한 것은 세속 사람들과 타협하느니 죽음을 택하겠다는 의미이기 때문이다. 이것이 바로 화자가 처해 있는 정치현실의 공간이다. 이 공간은 고결한 화자와 추악한 정치현실이 공존하고 있지만 서로 용납할 수 없는 대립관계에 있는 공간이다. 그리고 팽함을 본보기로 삼은 데서 그 대립관계에 대한 화자의 패배의식을 엿볼 수 있다.

작품에 나타나 있는 공간 이동 과정을 정리하면 다음과 같다.

① 현실 공간
② 지상 공간[29]: 원상이남元湘以南(창오蒼梧)
③ 천상 공간: 현포縣圃, 함지咸池、부상扶桑, 백수白水、랑풍閬風, 춘궁春宮, 복비지소재處妃之所在

---

28) “衆皆競進以貪婪兮 / 憑不厭乎求索 / 羌內恕己以量人兮 / 各興心而嫉妬 / (중략) / 擥木根以結茝兮 / 貫薜荔之落蕊 / 矯菌桂以紉蕙兮 / 索胡繩之纚纚 / 謇吾法夫前修兮 / 非世俗之所服 / 雖不周於今之人兮 / 願依彭咸之遺則”(하정옥, 앞의 책, 56~57쪽)

29) 현실 공간도 지상 공간에 속하지만, 여기서의 지상 공간은 현실 공간을 떠난 공간으로서 천상 공간과 구별하기 위한 개념으로 사용한다.

④ 지상 공간: 요대瑤臺, 유우국有虞國
⑤ 현실 공간
⑥ 천상 공간: 곤륜崑崙, 천진天津, 서극西極, 류사流沙, 적수赤水,
　　부주不周, 서해西海

화자가 현실 공간을 떠나는 것은 "옛 성인 따라 절중節中을 행하며
마음대로 이 세상을 돌아다니고 싶은 마음"30) 때문이다. 즉, 화자가
찾아갈 곳은 마음껏 자기의 꿈을 이룰 수 있는 공간일 것이다. 그렇
지만 그런 이상향은 어디에도 없기 때문에 지상과 천상의 공간을 끊
임없이 방황하고 있는 것이다. 현실 공간에서의 갈등으로 인해 화자
가 지상·천상의 공간을 오르내리는 순환구조로 되어 있다. 여기서
보여주는 공간의 순환은 반복이다. 그 반복은 단순 반복이 아니라 심
화되어 가는 화자의 정서적 갈등을 환기시켜 준다.

①에 비해 ⑤는 정치현실 속에서 화자가 겪는 갈등의 깊이가 한층
심화된 현실공간이다. 창오에서 용기를 얻어 ③을 찾아 갈등을 해소
해 보려 했으나 실패한다. 화자가 생각한 천상 공간은 천제와 미인이
있는 이상향으로서 화자가 "사방을 끝까지 둘러보고 하늘을 두루 돌
아"31) 천제와 미인을 찾았지만 미인은 없고 현실 공간과 마찬가지로
방해세력이 있을 뿐이다. 그래서 더욱 큰 실망감을 안고 지상공간을
거쳐 다시 현실 공간으로 돌아올 수밖에 없었고 그로 인해 갈등은 더
욱 심화되었다.

그렇게 심화된 갈등으로 인해 화자는 다시 정치현실을 떠날 결심을
하고, 그 명분을 찾기 위해 무당의 말을 빌렸다. ④ 역시 ②에 비해 더

---

30) 하정옥, 앞의 책, 68쪽. "依前聖以節中兮　喟憑心而歷玆."
31) 같은 책, 84쪽. "覽尚觀於四極兮　周流乎天余乃下."

욱 절망적이다. ②에서는 순임금의 묘에서 하소연하고 마음의 평정을 찾았으나 ④에서는 찾고자 하는 대상을 만나지도 못하고 ⑤의 현실 공간으로 돌아오고 만다. ⑤에서 영분과 무함으로부터 초나라를 떠나야 하는 명분을 얻은 화자는 정치현실을 버리고 영원히 떠나고 싶은 마음을 ⑥으로 표현했다. ②와 같은 지상 공간을 거치지 않고 서둘러 천상 공간을 향한 것에서도 그런 정서가 드러나 있다. ⑥에서 화자의 행렬을 화려하게 수식하고 흥겨운 모습으로 묘사함으로써 자신의 고결함을 과시함과 동시에 현실정치의 추악함을 부각시켰다. 그렇지만 ⑥에서도 화자의 소망을 실현하지는 못했다. 천상의 목표 지점을 찾아가는 길에 고향땅을 내려다본 화자 일행은 비감에 젖어 그 자리에서 발걸음을 멈추는데, 거기서 화자의 공간 이동은 종료가 된다. 천상 공간에 머물 수도, 현실 공간으로 내려갈 수도 없는 진퇴양난의 상황에 식년한 것이나. 그래서 결국 작품의 결밀인 "난월亂曰～"에서 팽힘의 뒤를 이어 자결을 결심하는 단계에까지 이르렀다.

이와 같이, 「이소」는 현실 공간을 탐욕과 질투로 얼룩진 부정적인 공간으로 형상화하고 그 현실 공간을 벗어난 다른 공간에서 이상적理想的 공간을 찾으려 했다. 즉, 「이소」는 현실 공간에 대한 '떠남의 정서'를 바탕으로 하고 있다. 굴원은 실제의 삶에서는 타의에 의해 정치현실을 떠날 수밖에 없었지만, 작품에서는 자의로 떠나는 것으로 설정했다. 떠남의 정서는 본인의 고결함과 현실의 추악함을 극단적으로 대비함으로써 정당화될 수 있다. 그런 극단적 인식으로 인한 떠남의 궁극은 죽음이다. 굴원의 비극적 현실인식은 떠남의 정서에 기인한다.

「사미인곡」 역시 천상과 지상의 공간을 설정하고 있지만, 「이소」

와 달리 공간보다는 시간 중심으로 전개된다. 다시 말하면, 천상 공간인 '광한전廣漢殿'과 하계下界가 상반된 성격으로 설정되어 있는데, 그 상반된 성격은 바로 시간인식에 있다. 이들 공간은 임과 화자가 머물러 있는 공간일 뿐, 임이나 화자의 공간 이동은 없다. 화자가 하계에서 상계의 임을 그리워하고 임에게 돌아가기를 소망하고 있을 따름이다.

> 이몸 삼기실 제 님을 조차 삼기시니 / 흔싱 연분緣分이며 하늘 모룰 일이런가 / 나 흐나 졈어 잇고 님 흐나 날 괴시니 / 이 무음 이 스랑 견줄 듸 노여 업다 / 평생平生애 원願ᄒᆞ요듸 흔듸 녜쟈 ᄒᆞ얏더니 / 늙거야 므스 일로 외오 두고 그리는고 / 엇그제 님을 뫼셔 광한전廣寒殿의 올낫더니 / 그 더듸 엇디ᄒᆞ야 하계下界예 ᄂᆞ려오니 / 올 저긔 비슨 머리 헛틀언디 삼년일쇠 / (중략) / 인생人生은 유한有限흔대 시름도 그지업다 / 무심無心흔 세월歲月은 흐르둣 ᄒᆞᄂᆞ고야 / 염량炎凉이 쩌를 알아 가는듯 고텨오니 / 듯거니 보거니 늣길 일도 하도할샤

　광한전과 하계는 화자의 시간인식이 상반된 공간으로 설정되어 있다. "흔싱 연분緣分"을 "평생平生애 원ᄒᆞ요듸 흔듸 녜쟈"고 기약한 광한전은 영원의 세계임에 비해 하계는 "삼년三年"이 "엇그제"로 인식되고, 세월의 흐름이 물 흐르듯 하고, 가는 듯하면 다시 오는 무심한 세계이다. 사랑의 영원성에 대한 기대와 현실의 순간성에 대한 초조함을 대비함으로써 화자의 정서적 진폭을 실감나게 형상화하였다. 화자가 돌아가고자 하는 영원한 사랑의 세계인 광한전은, 거리는 천리만리이고 산과 구름이 험하게 가로막고 있는 단절된 세계이다.32) 따

---

32) "산인가 구롬인가 머흐도 머흘시고 / 쳔리만리 길흘 뉘라셔 츠자갈고"

라서 작품은 화자의 하계 생활을 중심으로 전개되는데, 하계 생활은 계절의 바뀜으로 형상화했다.

> 봄 : 동풍東風이 건듯 불어 적설積雪을 헤텨내니
> 여름: 꼿디고 새닢 나니 녹음綠陰이 ᄭᆯ렷난듸
> 가을: ᄒᆞᄅᆞ밤 서리김의 기러기 울어 녤제
> 겨울: 건곤乾坤이 폐색閉塞ᄒᆞ야 백설白雪이 ᄒᆞᆫ 빗친제

계절의 바뀜은 세월의 흐름을 의미한다. 작품 서두에서는 세월의 흐름이 물흐르는 듯하고 염량炎凉이 때를 알아 가는 듯하면 다시 온다고 했다. 빠르고 덧없이 흐르는 세월의 흐름을 말한 것이다. 이러한 세월의 흐름을 계절의 바뀜이 순간적으로 일어남으로 구체화했다. 즉, "동풍東風이 건듯 불어" 봄이 왔고, "꼿디고 새닢 나니 녹음綠陰이 ᄭᆯ"러 어름이 왔으며, "ᄒᆞᄅᆞ밤 서리김의" 가을이 왔다고 했다. "인생人生은 유한有限ᄒᆞᆫ" 데 비해서 "무심無心ᄒᆞᆫ 세월歲月은 흐ᄅᆞ듯 ᄒᆞᄂᆞ" 데서 느끼는 초조감의 표현이다.

반면에 그리움과 기다림에서 오는 외로움의 시간에 대해서는 상반되게 표현했다.

> 꼿 디고 새닙 나니 녹음綠陰이 ᄭᆯ렷ᄂᆞᆫ듸 / 나위적막羅幃寂寞ᄒᆞ고 수막繡幕이 뷔여 잇다 / 부용芙蓉을 거더 노코 공작孔雀을 둘러 두니 / ᄀᆞᆺ득 시름 한듸 날은 엇디 기돗던고
>
> 댜른 ᄒᆡ 수이 디여 긴밤을 고초 안자 / 청등靑燈을 거른 겻ᄐᆡ 전공후鈿箜篌 노하두고 / ᄭᅮᆷ의나 님을 보려 ᄐᆞᆨ 밧고 비겨시니 / 앙금鴦衾도 ᄎᆞ도출샤 이 밤은 언제 샐고
>
> ᄒᆞᄅᆞ도 열두 째 ᄒᆞᆫ둘도 셜흔날 / 져근덧 싱각마라 이 시름 닛쟈ᄒᆞ니

텅빈 방을 지키는 여름에는 날이 길어서, 잠 못 이루는 차디찬 겨울에는 밤이 길어서 외롭다. 자연의 시간 질서에 대립되는, 즉 긺에 대해서는 짧게, 짧음에 대해서는 길게 느끼는 시간인식을 보여준다. 이러한 시간인식은 화자의 외로움에서 오는 것이다. 그런 시간인식에서 오는 뼈저린 외로움의 연속이 화자를 견딜 수 없게 만들고 있음을 "ᄒᆞᄅᆞ도 열두 ᄢᅢ 흔ᄃᆞᆯ도 셜흔날"로 표현했다. 하루와 한 달을 열두 때와 서른 날로 풀어 씀으로써 느리게 가는 시간을 감각적으로 느낄 수 있게 했다. 임이 없는 하계에서는, 자연의 세월은 덧없이 빠르고 외로움의 시간은 지겹게 긴 것이다. 이런 시간인식에서 오는 고통은 현실의 시간을 초월하여 임에게로 갈 수 있는 죽음의 세계를 상상하게 한다. "ᄎᆞᆯ하리 싀여디여 범나븨 되오리라"라는 결말은 이런 시간인식에서 비롯된 것이다.

이와 같이, 「사미인곡」은 시간인식을 중심으로 천상과 하계 공간을 활용했다. 화자는 공간 이동은 하지 않으면서, 하계의 생활을 시간의 흐름으로써 표현하였다. 하계의 시간은 화자의 시간인식과 상반된 세계로, 천상의 시간은 화자가 지향하는 영원의 세계로 형상화했다. 하계는 임이 없어 시시각각 갈등하는 외로움의 공간이고 천상은 임이 있어 영원히 행복한 사랑의 공간이다. 따라서 하계는 떠나야 할 공간이고 천상은 돌아가야 할 공간이다. 그런데 문제는 화자가 가야만 하는 공간인 천상은 돌아갈 수 없는 과거의 세계이고, 미래의 천상은 죽어서나 갈 수 있는 세계라는 데 있다. 그럼에도 불구하고 화자는 끊임없이 과거를 그리워하며 돌아가려 하고 있다. 즉, 「사미인곡」은 임과 함께 있었던 과거로 '돌아감의 정서'를 바탕으로 하고 있다. 「사미인곡」에 나타나는 비극적 현실인식은 미래가 절망적인 상황에서 과거 상태로 돌아가고자 하는 정서에 기인한다.

이상에서 살펴본 바와 같이, 「이소」와 「사미인곡」은 화자가 임을 대상으로 자신의 정서를 펼친 작품이라는 점에서 공통점이 있다. 그리고 화자가 임에게 소외당하여 외로운 상황에 처해 있을 뿐만 아니라 임에게로 다시 돌아갈 수 없는 비극적 현실인식을 가지고 있다는 점도 공통적이다. 그러나 「이소」는 공간인식을 중심으로 현실 공간을 추악한 공간으로, 지상 공간과 천상 공간을 긍정적으로 형상화하여 임과 그 주변 인물들을 모두 부정적으로 인식하고 있는 화자의 모습을 보여주고 있다. 그에 반해 「사미인곡」은 시간인식을 중심으로 임을 떠나 있는 하계를 부정적으로, 임이 있는 천상을 긍정적으로 그려 임을 절대자적 존재로 만들었다. 「이소」의 화자는 임이 있는 현실 공간을 떠나 또 다른 임이 있는 공간을 찾아 주유周遊하는 반면, 「사미인곡」의 화자는 임과 헤어져 있고 덧없이 흘러가는 현새를 부징하고 임과 함께 있었던 과거로 돌아가려 하고 있다는 점에서 두 작품은 상반된다.

이러한 논의를 바탕으로 두 작품의 작가를 논단해 본다면, 굴원은 부정적 현실을 비판하고 임금에게 쓴소리를 하다 떠난 直臣이라 한다면, 송강은 임금을 절대적 존재로 여기고 성심을 다하여 모시고자 하는 충신忠臣이라 할 수 있다.

「이소」와 「사미인곡」의 상관관계에 대한 논의가 다수 이루어졌지만 개별작품을 일관된 잣대로서 분석하고 비교한 경우는 별로 없었다. 「이소」는 「이소경」이라고 불릴 정도로 동아시아에서 보편적 가치를 지닌 충신연주지사의 전범으로서의 권위를 유지해 왔다. 그 결과 충신연주지사를 논의하기 위해서는 「이소」를 정점에 두고 그에 기대어 작품을 평가하지 않을 수 없었다. 「사미인곡」 역시 그랬다. 그래서 이 글에서는 「이소」의 그런 권위를 일단 배제하고 두 작품을 동일 선상에 두고 분석·비교해 보았다.

먼저, 이념형상과 상상력을 중심으로 논의했다. 「이소」는 유교·신화·무속·도교 등 다양한 종교·사상의 상상력을 동원하여 광대한 세계를 주유하면서 화자와 현실의 갈등을 역동적으로 형상화하고, 그러한 갈등 속에서 나라와 임금에 대한 충성심을 힘겹게 지켜나가는 모습을 잘 보여주고 있다. 하지만 화자 자신에 대한 확신 때문에 현실을 냉소적이고 부정적으로 바라보는 시각이 강하게 나타나 있어서 이념적으로 혼선을 빚고 있기도 하다. 이렇게 「이소」가 세상과 현실을 냉소적으로 바라보고 자신만 깨끗한 것처럼 오만한 자세로 흐른 면이 다분히 있음에도 불구하고 중국과 한국의 수많은 사람들, 특히 조선 사대부들에게 충신 교과서로 인식되어 왔던 것은 소외된 상황에서 목숨을 내놓으면서까지 초나라에 대한 애정을 버리지 않은 강직함을 보여주었기 때문일 것이다.

「사미인곡」은 연주의 정서를 형상화하기 위하여 도가적·불가적 상상력을 동원하여 천상세계와 윤회의 세계를 등장시켰지만, 「이소」에 비하면 그 의미가 매우 약화되어 있다. 그리고 그 도가적·불가적 요소도 유가의 충의 이념을 효과적으로 표현하기 위한 수단으로 활용되었다는 점도 기억해야 한다. 또한 「사미인곡」은 임을 절대자로 설정하여 화자가 시종일관 임을 무조건적으로 숭앙하고 그리워할 따름이지 비판하거나 원망하지 않는다. 즉, 「사미인곡」은 충신연주지사로서 임금에 대한 절대적 충성심을 일관되게 보여주고 있다고 하겠다. 이렇게 볼 때, 「사미인곡」은 「이소」에 비하여 상상력의 범위는 줄어들었지만, 이념적으로는 유교로 순화되어 있고 문학적으로는 일관성과 세련미를 갖추었다고 평가할 수 있다.

다음으로, 시공간 설정과 현실인식에 대하여 논의하였다. 「이소」와 「사미인곡」은 임에게 소외된 화자가 임에게 돌아갈 수 없는 비극적 현실인식을 보여주고 있다는 점에서 공통적이다. 그러나 「이소」는 공간의식을 중심으로 현실 공간을 추악한 공간으로, 지상 공간과 천상 공간을 긍정적으로 형상화하여 임과 그 주변 인물들을 모두 부정적으로 인식하고 있는 화자의 모습을 보여주고 있는 반면, 「사미인곡」의 화자는 시간의식을 중심으로 임을 떠나 있는 현재를 부정적으로, 임과 함께 있었던 과거를 긍정적으로 그려 임을 절대자적 존재로 만들었다는 점에서 상반된다. 또한, 「이소」의 화자는 임이 있는 현실 공간을 떠나는 반면, 「사미인곡」의 화자는 외롭고 덧없는 세계인 하계에서 임의 사랑이 영원한 세계인 광한전으로 돌아가기를 소망하고 있다는 점도 다르다. 즉, 「이소」는 임이 있는 공간으로부터 '떠남의 정서'를 기조로 한다면, 「사미인곡」은 영원한 사랑을 찾아 임에게로 '돌아감의 정서'를 바탕으로 하는 작품이라 요약할 수 있겠다. 이러한 논의를 바탕으로 두 작품의 작가를 논단해 본다면, 굴원은 부정적 현실을 비판하고 임금에게 쓴소리하며 떠난 직신이라 한다면, 송강은 임금을 절대적 존재로 여기고 성심을 다하여 돌아가려는 충신이라 할 수 있다.

이렇게 「이소」와 「사미인곡」이 연군문학으로서의 보편성을 지니고 있으면서도 개별문학으로서의 개성이 두드러지는 것은 시대적·지역적 차이가 현격했기 때문일 것이다. 두 작품은 시대적으로 2,000년 이상 차이가 나고 조선과 중국 남방이라는 지역적 차이가 있다.

우리나라는 일찍이 유학이 일어난 북방의 영향을 받아 조선시대에
와서는 성리학을 국시로 삼았던 나라임에 비해, 중국 남방의 초나라
는 도교나 여러 가지 민간신앙이 발달, 혼재하고 있어서 유학의 영향
이 절대적으로 미치지 않았다는 점 등이 두 작품의 작품세계에 영향
을 미쳤을 것이다.

제2부

시각문화와 경계 짓기

I

우동尤侗 잡극 「독이소讀離騷」의 예술특징

정유선

> 1. 자신의 울분과 의론 표출
> 2. 극적 긴장감과 서사성의 약화
> 3. 『초사楚辭』와 굴원 관련 시문詩文 활용

역대로 굴원은 수많은 문인들의 문학작품 속에 자주 사용되는 제재 가운데 하나이다.[1] 희곡에서도 예외 없이 굴원을 제재로 한 내용의 작품이 많이 창작되었다. 이와 같이 굴원을 모티프로 하거나 혹은 굴원의 사적을 제재로 하여 만든 희곡을 일컬어 굴원희屈原戲라고 한다.[2]

굴원희는 전통시기 문헌에서 원대元代 휴경신睢景臣이 지은 잡극雜劇 「굴원투강屈原投江」을 시작으로 하여 명청시기를 거쳐 현대에 이르기까지 주로 문인지식인들에 의해 창작되었다. 그중 문인들의 희곡

---

1) 戴錫琦, 鍾興永 主編, 『屈原學集成』, 中央編譯出版社, 2007.6, 935~1081쪽 참조
   Ralph Croizier, *Qu Yuan and the Artists: Ancient Symbols and Modern Politics in the Post-Mao Era*, The Australian Journal of Chinese Affairs, No.24.(Jul., 1990) 25-50쪽 참조

2) 王學秀, 「雜談屈原戲」, 『當代戲劇』, 1997.2 참조.

창작이 가장 활발했던 명청시기에는 오홍도吳弘道, 서응간徐應干, 원진袁晋, 고채顧彩, 정팽丁彭, 이동기李東琪 등 20여 명의 작가가 굴원희를 창작하고 연출하였다.3) 그러나 안타깝게도 현재 남아 있는 명청대 굴원희 작품은 몇 작품이 되지 않는다. 오백삼吳柏森의 고증에 따르면, 현재 문본文本이 남아 있는 굴원희로 정유鄭瑜(순치順治, 강희년간재세康熙年間在世)의 잡극雜劇「멱라강汨羅江」, 우동尤侗(1618~1704년)의 잡극雜劇「독이소讀離騷」, 장견張堅(1681~1771년)의 전기傳奇「회사기懷沙記」, 왕주汪柱(옹정년간재세翁正年間在世)의 잡극雜劇「난인패蘭紉佩」, 주락청周樂淸(1785~1855년)의 잡극雜劇「굴대부혼반멱라강屈大夫魂返汨羅江」, 호개붕胡盖朋(1826~1866년)의 전기傳奇「멱라사汨羅沙」 등 4편의 잡극과 2편의 전기傳奇을 꼽고 있다.4) 그러나 마효영馬曉玲은 「인상각우조굴원引商刻羽弔屈原」에서 왕주汪柱의 잡극雜劇「난인패蘭紉佩」을 제외한 5작품만을 현존작품으로 언급하고 있다. 그는 왕주의 작품이 결손되어 완전한 작품의 형태로 남아 있지 않아 이를 제외시키고 있다. 그러나 본고에서는 현재 왕주의 작품이 완전하게 남아 있지는 않으나 역대 굴원희의 편린을 살펴볼 수 있기 때문에 오백삼의 견해를 따라 현존하는 작품을 모두 6편으로 보기로 한다.

이 6편의 작가들은 대부분 명말에서 청말시기에 활동했던 문인들로, 서로 영향을 주고받으며 굴원을 제제로 한 희곡을 창작하였다. 이에 본고에서는 앞서 언급한 6종의 작품 중 창작 당시는 물론 후대에 이르기까지 작품성과 예술성이 가장 뛰어나다고 평가받는5) 명말청

---

3) 馬曉玲의「引商刻羽弔屈原」(戴錫琦, 鍾興永 主編,『屈原學集成』, 中央編譯出版社, 2007.6, 1075~1076쪽) 참조

4) 吳柏森,『黃鍾大呂歌楚魂-古代屈原戲注評』, 湖北人民出版社, 2006 참조.

5) 王政堯,『淸代戱曲文化史論』, 北京大學出版社, 2005, 4쪽 참조.

초의 대표적인 문인극작가 우동尤侗의 잡극雜劇「독이소讀離騷」를 연구대상으로 삼고자 한다. 우선 본고의 기본 텍스트는 우동尤侗의 강희각본康熙刻本『우서당전집尤西堂全集』으로 하였음을 밝혀 둔다.

필자는 다음의 두 가지 견지에서 작가가 투영한 굴원 형상과 형상방법을 분석하고자 한다.

첫째, 우동尤侗이 활동하던 명말청초는 정치, 경제, 문화 등 사회전반에 커다란 변화가 일어남에 따라 당시 문인들의 입장과 의식에 있어서 전환을 가져왔다. 때문에 이 작품을 매개로 명말청초 전환시기를 살았던 문인들의 내면을 살펴보고자 한다.

둘째, 명말청초는 문인의 희곡창작이 활발하던 시기로 전통문인의 글쓰기 패턴이 기존과 다른 양상을 지니기 시작했다. 따라서 필자는 본고에서 전통문인들의 기존의 글쓰기 패턴 변화와 명대와 청대의 문인 희곡창작 양상 변화에 대한 고찰을 진행하고자 한다.

1. 자신의 울분과 의론 표출

전통시기 중국 문인들에게 잡기雜技로만 간주되던 희곡이 명 중기에 이르러 강해康海와 왕구사王九思 등과 같은 정통문인 계층에 의해서 창작되기 시작하였다. 이러한 현상은 명 중기 이전에 문인이 희곡을 창작한다는 것은 전통문인사회에서 허용할 수 없는 저속한 행위로 간주되었으나, 명 중기에 이르러 희곡에 대한 문인의 인식 변화라고 할 수 있다. 이 시기 전통문인들은 희곡을 대개 정치적 좌절과 실의를 경험한 후 자신의 불우한 처지와 울분을 표현하고 이를 통해 스스로 위로 받기 위한 수단으로 선택하였다. 강해康海와 이개선李開先

의 글을 살펴보면, 이 같은 상황을 잘 이해할 수 있다.6)

그러나 명말청초에 이르러서 문인들의 희곡창작의 목적과 패턴이 변화하기 시작하였다. 이러한 가장 큰 원인으로 명말청초에는 정치, 경제, 문화 등 사회전반에 걸쳐 커다란 변화가 일어남에 따라 문인들이 겪는 좌절의 요인 역시 명 중기와 달라졌기 때문이다.

바로 명말청초 문인들이 고민하고 좌절하던 문제는 명중기와 같이 특정인물이나 특정 사건, 혹은 충효와 같은 보편적 윤리의식의 회복을 위한 대의명분이 아닌, 명청 왕조교체기로 인한 망국의 슬픔, 청조淸朝에 대한 한족문인들의 은거와 출사 가운데에서 어떻게 처신해야 하는지에 대한 문제, 부패한 과거제도, 사회적 부조리 등이었다. 이에 대한 구체적인 원인으로 곽영덕郭英德은『명청전기사明淸傳奇史』에서 청초 만주족 집권하에 문인들에게 가장 큰 충격을 주었던 사건인 변발령辮髮令, 과거부정科擧不定, 조세정책, 문자옥文字獄 네 가지를 꼽고 있다.7)

따라서 명말청초 문인들은 더 많은 내용을 담기 위해 희곡을 시사곡詩詞曲과 같은 반열에 놓고, 이를 통해 자신의 감정과 의론을 표출하기 시작하였다.8) 오위업은 뜻을 충분히 드러낼 수 있도록 시가 사로 변하고, 사가 곡으로, 곡이 희곡으로 길게 변하게 되었다고 하였다. 우동尤侗은 이에 한 단계 더 발전된 의견을 제시하고 있다.9)

---

6) "製樂造歌曲, 自比俳優, 以寄其佛鬱."(『明史·列傳』卷286) "古來才士, 不得乘時柄用, 非以樂事繫其心, 往往發狂病死. 今借此以坐消歲月."(黃文暘, 『曲海總目提要』卷5, 大東書局, 1928, 12쪽 재인용)

7) 郭英德의 『明淸傳奇史』(江蘇古籍出版社, 2001 312~5쪽)와 Ying-shih Yu의 "Toward an Interpretation of the Intellectual Transition in Seventeenth-Century China"(*Journal of the American Oriental Society*, Vol.100, No.2. Apr.-Jun., 1980) 참조.

8) "漢魏以降, 四言變爲五七言, 其長者乃至百韻. 五七言又變爲詩餘, 其長者乃至三四闋. 其言益長, 其旨益暢. 唐詩宋詞, 可謂美備矣, 而文人猶未已也, 詩餘又變而爲曲."(吳偉業 著, 李學穎 集評, 「雜劇三集序」, 『吳梅村全集』卷下, 上海古籍出版社, 1999, 1211쪽)

그는 시사가 변하여 희곡을 만들었다고 인식하고, 전통시문은 편폭이 너무 협소하고 전아典雅하여 생각과 마음을 적절하게 다 담을 수 없다고 하였다. 다시 말해, 오통은 글쓰기 자체를 위해 희곡을 창작했던 것으로, 기존의 문인이 표방했던 "시언지詩言志, 시연정詩緣情"의 전통이 희곡에도 적용하였다고 볼 수 있다.10)

명말청초 문인희곡가들은 희곡을 통해 자신의 뜻과 의론을 펼치기 위해 자신의 처지를 가장 잘 드러낼 수 있는 역사 속의 인물을 정하여 극의 주인공으로 설정하는 방법을 선택한다. 그리고 극 속에서 주인공의 입을 통해 자신의 감정과 하고자 하는 이야기를 모두 쏟아낸다.

이는 명말청초 문인 희곡가들이 자신이 속한 문인계층을 관람의 주체로 삼고, 창작의 목적을 자신의 울분 표출과 의론 표명 등 작가 개인의 내면을 드러내기 위한 것이다. 때문에 그들은 자신의 창작의도를 여실히 드러낼 수 있는 제재와 역사 인물을 선택하는 것으로, 청초 잡극에서 극중인물을 창조해 내는 주요한 방법으로 삼았다.11) 우동尤侗 역시 이와 같은 방법을 채택하였다.12)

우동尤侗 역시 그의 작품 「독이소讀離騷」에서 굴원이라는 역사인물을 통해 자신이 당한 처지에 대한 울분과 의론을 말하고 있다. 그렇다면 우동尤侗이 「독이소讀離騷」에서 굴원을 통해 하고자 했던 이

---

9) 詞者詩之餘也. 詞之近調, 卽爲曲之引子, 慢詞卽爲過曲. 間有名同而調異者, 後人增損使合拍耳.由詩入詞, 由詞入曲, 正如風起青蘋, 必盛于土壤, 水發濫觴, 必極于覆舟. 勢使然也, 而說者斷欲判, 而三之不亦固乎! …… 予獨謂能爲曲者, 方能爲詞, 能爲詞者, 方能爲詩. 何者? 音與韻莫嚴于曲, 陰陽開閉一字不棄, 則肉聲抗墜絲竹隨之. …… 故以詩爲詞合者十一, 以曲爲詞合者十九(尤侗, 「名詞選勝序」, 『尤西堂全集』 康熙刻本).

10) 陳建華, 「論明清雜劇的詩化色彩」, 『魯行侄院學報』, 2000 참조.

11) 朴桂萍, 『清初雜劇研究』, 人民文學出版社, 2005, 183쪽 참조.

12) "古之人不得志於時, 往往發爲詩歌, 以鳴其不平. 顧詩人之旨, 怨而不怒, 哀而不傷, 抑揚含吐, 言不盡意, 則憂愁抑鬱之思, 終無自而申焉. 旣又變爲詞曲, 假託故事, 鬮弄新聲, 奪人酒杯, 澆己魂壘(尤侗, 「葉九來樂府序」, 『尤西堂全集』康熙刻本),", "僕清平調一劇, 爲我輩伸眉吐氣(尤侗, 「答王阮亭」, 『尤西堂全集』康熙刻本),"

야기가 무엇인가? 우선 「독이소讀離騷」를 분석하기에 앞서 본 작품의
작자인 우동尤侗의 간단한 생평과 창작배경을 살펴보고자 한다.

　우동尤侗은 어려서부터 영민하고 문재文才에 뛰어났으나13), 명明
숭정崇禎8년(1635년) 그의 나이 18세에 장주현長洲縣 제자원弟子員이
된 이후 과거科擧에는 불운하여 여러 차례 낙방을 거듭한다. 그는 29
살 되던 해인 순치順治3년(1646년)에 남경南京 향시鄕試에 합격한 뒤,
성시省試에 응시한다. 이후 성시에도 연이어 불합격하다가, 순치9년
35살 봄 회시會試에 응시하여 「논어시論語詩」 20수首를 써서 응제應制
를 대신하여 영평부永平府(지금의 하북성) 추관推官을 제수받는다.
　그는 영평부에서 근무를 하던 중 순치13년(1656년) 만주滿洲 기정
旗丁을 장형杖刑 처벌한 사건으로 인해, 2등급 강등되어 스스로 관직
을 그만두고 귀향한다. 그는 고향으로 돌아와 초가집을 짓고 '간운초
당看雲草堂'이라 명하고 자호自號를 회암悔庵이라 하였다. 그는 바로
이 시기에 잡극雜劇 「독이소讀離騷」를 짓고, 가반家班에게 연습을 시
켰다. 이후 학사學士 왕희王熙가 순치제에게 우동尤侗의 문집인 『서당
잡조西堂雜俎』 1집을 바쳤는데, 순치제는 우동尤侗의 문집에 실린 「독
이소讀離騷」를 보고 감탄한다.14) 바로 황제는 우동尤侗을 '진재자眞才
子'라 극찬하며, 교방내인敎坊內人에게 잡극雜劇 「독이소讀離騷」를 관
현악으로 연주하게 하여 궁중아악으로 만들게 하였다.15)
　위의 고찰을 통해 볼 때, 우동尤侗은 뛰어난 문재를 가지고도 과거

---

13) 呂慧鵑, 『中國歷代著名文學家評傳』 三, 山東敎育出版社, 1996, 140쪽 참조

14) "予所作「讀離騷」曾進御覽, 命敎坊內人裝演供奉, 此自先帝表忠微意, 非洞簫玉笛之比也."(尤侗, 「讀離騷自序」,
　　『尤西堂全集』 康熙刻本)

15) 尤侗, 「讀離騷自序」, 『尤西堂全集』 康熙刻本,

에 누차 낙방한 회재불우와 한족관리가 만주족을 처벌하였다는 이유로 받은 정치적 좌절을 잡극 「독이소讀離騷」를 통해 표출하고자 하였다. 이러한 상황은 「회암년보悔庵年譜」 권상卷上에 잘 표현되어 있다.[16)]

이러한 맥락에서 볼 때 우동尤侗은 자신의 울분을 드러내기 위해 자신과 마찬가지로 회재불우懷才不遇했던 굴원을 작품의 주인공으로 선택하였다.[17)]

굴원은 바로 우동尤侗에게 있어 작가자신의 화신이며, 극중의 창과 백은 작가의 내면 독백이라 할 수 있다.[18)] 그렇다면 우동尤侗은 왜 굴원을 주인공으로 택했을까? 그것은 바로 우동尤侗 자신과 마찬가지로 자신의 회재불우와 상통하기 때문에 자신의 감정을 기탁할 수 있는 역사적 인물이나 문학작품 속에 등장하는 허구적인 인물, 희곡 작품화된 실제인물을 희곡의 주인공으로 삼았다.[19)]

그런데 여기에서 한 가지 주목할 점은 우동尤侗이 살았던 시기가 명왕조가 망하고 이민족에게 나라가 넘어가는 시기에 명조에 대한 우국충정을 찾아보기 힘들다는 점이다. 그의 불만과 불우의 원인은 사회적 부조리와 부패로 인해 본인이 실력이 있음에도 불구하고 과거에 급제하지 못함과 자신이 한족이라는 이유로 불이익을 당하고 있음을 전달하는 데 그치고 있다. 그리고 그는 오히려 본인의 출사에 강한 의지를 보이고 있다.[20)]

---

16) "自制北曲讀離騷四折, 用以自況云."(朴桂萍, 『淸初雜劇硏究』, 人民文學出版社, 2005, 260쪽 재인용)

17) "天那, 若是勸忠呵. 不見那萇弘血, 比干心, 鏤劍鴟皮吳國恨. …… 若是惡佞呵. 不見那衛大夫宋公子, 脅肩諂笑, 一般兒峩冠博帶坐官衙. 若是福善呵. 不見那西山上絶栗採薇, 千載飢寒鳥啄肉."(尤侗, 「讀離騷」 1折, 『尤西堂全集』 康熙刻本)

18) 朴桂萍, 『淸初雜劇硏究』, 人民文學出版社, 2005, 183쪽 참조.

19) 朴良華, 『尤侗戲曲硏究』, 서울大學校 碩士學位論文, 2006.8, 33쪽 참조.

20) "昔伯夷叔齊恥食周粟, 氣塞孟津風鳴孤竹, 開義士之先聲, 建名山之高躅, 未可依樣以效顰, 豈容借題而覰局.

이처럼 세간의 비난을 받으면서도 청조의 과거에 참가했지만, 우동尤侗의 출사는 순탄치 않았고 여러 차례 낙방을 거듭하다 겨우 벼슬을 얻게 되지만, 그마저도 여의치 않게 된다. 따라서 그는 과거시험 자체에 문제를 제기하고 이에 대해 맹렬히 비난한다.

한편, 그는 황제의 환심을 사고자 노력하였다. 대표적인 예로, 그는 명이 망하고 청초를 건국한 순치제가 건국하니 얼마 되지 않은 순치順治5년(1649년) 명대 문인들의 인심을 정리하기 위해 가흥남호嘉興南湖에서 개최한 청초 강남문인 대집회大集會인 신교사愼交社 십군대사집회十郡大社集會에 모기령毛奇齡, 주이존朱彝尊, 오위업吳偉業, 주락청周樂淸 등과 함께 자신의 문재를 알리기 위해 참가하였다.21) 이 같은 상황은 굴원희를 지은 다른 작가들에게도 모두 해당된다. 장견張堅 역시 옹정雍正 원년元年 청풍정淸風亭에서 거행하는 저명한 문인집회에 참가하였고, 왕주汪柱과 호개붕胡盖朋은 과거에 누차 낙방하였다.22) 이는 비단 우동尤侗에게만 나타나는 현상이 아니 전체 한족 문인들 모두에게 해당되는 사회적 현상임을 알 수 있다.

또한 우동尤侗은 「독이소讀離騷」 마지막 4절에 굴원의 제자 송옥을 등장시켜 굴원의 고결한 성품과 억울했던 삶에 대해 정리하고 있다.23) 이는 우동尤侗이 송옥의 입을 통해 굴원에 대한 평가, 즉 자신의 평가를 나타내고자 한 것이다. 이러한 구조를 정진탁鄭振鐸도 같

…… 身江湖而心魏闕, 朝鶴氅而暮貂蟬.……爾輩所吞酒肴, 饕餮旣醉旣飽, 驕人淸節. …… 或有外談高尙, 中熱浮名."(尤侗, 「西山移文」, 『尤西堂全集』康熙刻本)

21) 陳桂音의 『尤侗及五種雜劇硏究』(國立中興大學 碩士學位論文, 2002, 21~24쪽)와 周妙中의 『淸代戲曲史』(中州古籍出版社, 1987, 187쪽) 참조.

22) 楊建文, 「中夜悲天問, 高歌續楚辭-吳柏森『黃鍾大呂歌楚魂-古代屈原戲注評』讀後」, 『三峽大學學報』, 2007.9 참조.

23) "(生拜科)我那屈先生呵. 【滿庭芳】你本是文章华袋, 靑雲意氣, 白雲襟懷, 恨讒夫暗把忠良害. 痛煞煞玉葬香埋."(尤侗, 「讀離騷」4折, 『尤西堂全集』康熙刻本)

은 의견을 지니고 있었다.[24]

　결국 우동尤侗은 희곡이 등장인물만이 관객에게 의사표현을 할 수 있다는 점을 파악하고, 의도적으로 송옥을 출현시켜 그의 입을 통해 이야기했다. 왜냐하면 연극의 대본인 희곡의 경우, 다른 문학 장르와 달리 작가가 작품 속으로 들어가 자신의 목소리로 개인적 견해나 주인공에 대해 표명하기 위해서는 작품 속에서 자신의 분신과 같은 존재가 필요하기 때문이다. 이는 공통점을 매개로 한 인물과 인물의 결합으로 주인공에 대한 작가의 평가와 개인적인 견해의 삽입이 가능하기 때문이다.[25] 따라서 우동尤侗은 「독이소讀離騷」에서 자신을 직접 드러내지 못 했지만, 굴원과 굴원을 평가하고 추종하는 송옥을 통해 자신이 처해 있는 상황과 시대적 견해, 타인에게 받고 싶은 평가를 표출하고 있다. 이는 우동尤侗만이 갖는 희곡창작 방법으로 그만의 독창적이고 특색 있는 희곡구조로 발전시켰다.[26]

2. 극적 긴장감과 서사성의 약화

　『성명잡극盛明雜劇』일집서사一集序四에서 문인극을 "문인지장文人之意, 왕왕탁지전사往往托之塡詞."라고 하였다. 이러한 문인극의 전통은 명말청초에도 전해지고 있었다. 바로 명말청초시기 전통문인 희곡작가를 대표하는 오위업, 우동尤侗 등은 희곡 창작을 통하여 자신의 정감, 의지, 바람과 관념을 작품에 기탁함으로써 마음속에 쌓였던 울

---

24) "讀離騷四折, 譜屈原事, 組織楚辭中之天問卜居九歌漁父諸篇入曲. 而以宋玉之招魂爲結束. 結構殊具別裁."(鄭振鐸, 「西堂樂府跋文」, 『淸人雜劇初集』卷4, 1931 影印本)

25) 민병욱, 『희곡문학론』, 민지사, 1991, 32쪽 참조.

26) 曾永義, 『中國古典戲劇論集』, 聯經出版事業公司, 1975, 136쪽 참조.

분과 답답함을 해소함과 동시에 당시 정부와 시사에도 자신의 견해를 밝혔다.

이러한 기탁성은 이들 정통문인 작가 작품의 중요한 예술적 특징의 하나라고 할 수 있다. 이들은 희곡 창작 목적은 스스로 즐기고 위안을 얻기 위한 것으로, 관객들에게 볼거리를 제공하고 오락을 제공하고자 했던 것은 아니다. 이처럼 작품에 자신의 감정을 기탁하는 것이 주된 목적이었기 때문에 극 전체에서 극적 갈등이나 극중 정절은 부차적인 위치로 밀려나고 있으며 감정을 기탁하기 위한 장치로서의 역할만을 하고 있다. 이러한 극 구조상의 특징과 더불어 문아하고 청려한 언어로 극중 인물의 감정을 토로하고 심리를 표현하는 것에 중점을 두었다. 때문에 대부분의 문인극은 서정성과 시적 의경이 충만하다.27)

따라서 명말청초 문인 희곡가들은 주로 당시 문인사회의 문제를 드러내면서, 이로 인해 고통 받는 명말청초 문인의 불우를 희곡으로 표현했다. 이들은 주로 전기보다는 잡극의 형태로 창작을 하고 이를 문인의 글쓰기 범주 안에 포함시켜28) 점차 아화雅化의 길을 걷게 하고 서사보다는 서정에 편중하는 글쓰기로 변하게 하였다. 희곡에 등장인물에 기탁한 서정 표현을 강조하게 되면 상대적으로 희곡의 극적 긴장감과 서사성이 약하게 된다. 이는 명청대 문인 잡극에서 보이는 현상이라고 할 수 있다.29) 때문에 서자방은 문인극의 최대의 특징을 서정성이라고 정의하였다.30) 따라서 명 중기를 거쳐 명말청초에

---

27) 조문수, 『文人劇으로서의 四絃秋』, 『中國文化硏究』, 第10輯, 2007.6 참조.

28) 曾永義, 『中國古典戲劇論集』, 聯經出版事業公司, 1975, 120쪽 참조.

29) 陳建華, 「論明淸雜劇的詩化色彩」, 『魯行俓院學報』, 2002, 第1期 84쪽 참조.

이르러 잡극과 전기는 각각 읽는 희곡과 상연희곡으로 나뉘는데[31], 문인잡극은 점차 읽는 희곡으로 노선을 정하게 된다.

전통적으로 희곡은 상연을 전제로 하기 때문에 희곡가는 관중의 흥미를 유발시킬 수 있는 흥미진진한 희곡을 창작하였다. 그들은 주로 재자가인才子佳人이나 민간에 전해지던 이야기를 제재로 선택하여 대중의 접근성을 높이고, 극적 긴장감을 증가시키기 위해 선善과 충忠을 대표하는 정면正面인물과 악惡과 간奸을 상징하는 반면反面인물의 대립과 갈등을 중심으로 이야기를 전개하였다.

명대 중기 이후 희곡을 창작하게 되는 문인희곡가들 역시 정반인물의 대립과 갈등 및 갈등 해소로 극 전체의 이야기를 전개하였으나, 그들이 이러한 갈등구도를 택한 것을 다른 이유에서였다. 그들은 희곡창작의 목적이 생계의 수단이 아닌 무고하게 정치적 좌절을 겪게 된 자신의 울분을 드러내기 위한 것이 때문에 희곡의 대립양상을 자신의 상황과 비슷하게 설정하였다. 명말청초 문인으로 살았던 우동尤侗의 「독이소讀離騷」 역시 같은 경우라 할 수 있다.

우동尤侗 역시 다른 문인 희곡가들과 동일하게 자신의 정치적 울분을 표출하고자 하는 목적으로 「독이소讀離騷」를 창작하였다. 그는 자신의 처지와 울분의 제재를 굴원으로 선택하여, 개인적인 시각으로 자신과 등장인물 간의 대응관계를 만들었으며, 개성화된 방식으로 감정을 투입하였다. 우동尤侗은 자신의 뛰어난 재능을 제대로 펴지 못하고 좌천된 것에 대한 좌절감으로 굴원에 자신을 투영시켰다.

그러나 그는 이야기를 전개함에 있어 정반인물의 갈등과 대립을

---

30) 徐子方, 「明代文人劇及其表現特色」, 『南京師大學報』, 2000.1, 第1期 참조.
31) 杜桂萍, 「淸雜劇之硏究及其戲曲史定位」, 『文藝硏究』, 2000, 第4期 참조.

중심으로 하지 않아, 피해를 입은 주인공의 심정토로와 울분표출에 초점에 맞추어져 있다. 위 작품 가운데 절마다 주요 줄거리를 정리해 보면 이를 더 명확하게 볼 수 있다.

1절: 굴원은 영윤슈尹 자란子蘭의 참소로 인해 강남으로 쫓겨난다. 「이소離騷」를 지어 초왕楚王이 깨닫기를 바란다. 산천을 방황하다가 제왕과 경대부의 사묘寺廟에 그려진 성현 등의 그림을 보고서 이에 제題를 하고, 자신의 기구한 삶을 답답하게 생각하여 정첨윤鄭詹尹을 찾아서 자신의 곧은 절개를 어찌해야 할지 점을 치고자 한다. 하지만 결국 어찌할 수 없는 것임을 깨닫는다.

2절: 초나라의 남녀무당이 남영南郢땅 사이에서 제사를 지낸다. 강가를 배회하던 굴원이 제사지내는 것을 구경한다. 남녀무당이 굴원의 문재文才가 뛰어나다는 것을 알고 새로운 노래를 지어 줄 것을 청한다. 굴원이 이들의 부탁에 따라 「구가九歌」를 짓는다. 제사를 지내자 여러 신들이 차례로 내려왔다가 다시 올라간다.

3절: 굴원은 임금과 간신배들을 원망하여 멱라수에 몸을 던지려한다. 그리고 자기의 죽음으로 혹여 임금이 깨닫기를 바란다. 동정군의 명을 받은 백룡은 어부로 분장하여 굴원이 자살하지 않도록 권유한다. 그러나 결국 굴원은 강물에 몸을 던진다. 동정군의 명을 받은 금동옥녀金童玉女가 굴원에게 수선水仙이 되어주길 청하러 온다.

4절: 굴원의 제자였던 송옥은 왕을 모시고 무산에 오른다. 송옥은 임금의 명을 받고 「고당부高唐賦」를 짓는다. 부를 완성하고서 피곤하여 잠이 든다. 꿈속에서 만난 무산 신녀가 굴원이 수선水仙이 되었다는 것을 알려 준다. 송옥은 꿈속에서 있었던 일을 왕에게 아뢰면서 굴원을 위해 제사를 지내게 해 달라 청한다. 그래서 「초혼招魂」을 부르며 굴원의 혼백을 불러 위로한다.32)

이를 통해 볼 때, 「독이소讀離騷」에 등장하는 인물은 굴원屈原, 송

---

32) 朴良華, 『尤侗戲曲研究』, 서울大學校 碩士學位論文, 2006.8 참조.

옥宋玉, 태복첨윤太卜詹尹, 남무男巫, 여격女覡, 동황東皇, 동군東君, 상군湘君, 상부인湘夫人, 대사명大司命, 소사명小司命, 하백河伯, 산귀국상山鬼國殤, 동정군洞庭君, 용龍, 어부漁父, 신녀神女 등 모두 17명으로 절마다 활동이 매우 제한적이다. 또, 이 극은 이야기 전개 역시 전체적으로 발단, 전개, 위기, 절정의 기복을 가진 서사나 극적 긴장감이 비교적 약한 것을 알 수 있다. 따라서 서곤은 우동의 「독이소讀離騷」에 대해 서사성분이 거의 존재하지 않는다고까지 평가를 내렸다.[33]

물론 정면 인물인 굴원에게 고난과 시련을 제공하는 반면, 인물이 존재하긴 하지만 작품 내에서의 비중은 그다지 크지 않다.[34] 바로 굴원의 반면인물은 상관대부上官大夫로, 굴원을 시기하여 왕에게 참언하여 굴원을 쫓아낸다. 그러나 상관대부의 역할은 이야기가 진행되는 시점과 주인공의 현재 상황을 제시하는 배경설정에 가깝기 때문에「독이소讀離騷」 전체의 갈등구도와 이야기 전개를 이끌어 가기에 충분치 못 하다.[35]

그러나 본 작품에서 주목할 것은 비록 정면인물과 반면인물의 갈등관계를 형성하는 기존의 희곡 갈등구조와 다른 갈등구조를 지니고 있다는 것이다. 우동尤侗은 자신의 가치판단 기준에서 의롭지 못하다고 여겨지는 상황에 당면하자, 부조리한 현실과의 타협을 거부하고 이로 인해 고통과 좌절을 경험하게 된다. 이러한 점에서「독이소讀離

---

33) 徐坤, 「尤侗的戲曲寄託觀念」, 『陰山學刊』, 第18卷, 2005 참조.

34) "下官屈平, 字原楚之同姓也. 仕先懷王時爲三間大夫. 入則與王圖議國事以出號令, 出則接遇賓客, 應對諸侯. 叵耐上官大夫與我同列, 爭寵害能. 前王使我造爲憲令, 屬草未成, 他見而欲奪. 因我不與, 遂進讒言, 道'王使屈平爲令, 衆莫不知. 每一令出自伐其功, 以爲非我, 莫能爲也.' 王遂怒而疏我, 後來懷王, 爲張儀所欺誘入武關. 我曾再三苦諫, 不從, 竟客死于秦. 今王卽位, 又聽令尹子蘭之譖, 將我放逐江南."(尤侗, 「讀離騷」 1折, 『尤西堂全集』康熙刻本)

35) 朴良華, 『尤侗戲曲硏究』, 서울大學校 碩士學位論文, 2006.8, 55쪽 참조.

騷」의 갈등구조는 개인과 개인이 아닌, 개인과 사회 간의 갈등 구조라고 할 수 있다.

이러한 이유는 우동尤侗의 불우함의 근원은 과거시험에서의 연이은 낙방과 만주족과 한족의 불평등에 있었다. 특히 「독이소讀離騷」는 우동尤侗이 죄를 지은 만주족 기정旗丁을 처벌한 사건으로 인해 억울하게 강등된 후, 스스로 사직을 하고 귀향한 후에 지은 작품이다. 이는 특정인물의 모함이나 자신과 연루된 특정사건에 의한 것이 아니라, 당시 만주족이 한족을 지배하는 시대상황과 맞물려 있는 것이다. 이 때문에 우동尤侗은 「독이소讀離騷」를 창작함에 있어 자신의 회재불우와 상통하는 역사적 인물인 굴원을 택해 그의 입을 통해 자신의 억울함과 의론을 표출하는 데 초점을 맞추어, 전통적인 희곡 구도에서 벗어나 희곡의 극적 긴장감과 서사의 약화를 초래하였다. 이는 우동尤侗뿐 아니라 청초 한족 문인이 창작하는 청 잡극의 일반적인 경향으로, 서정에 치중하여 줄거리가 매우 간단해졌으며 심지어 극중 서사에 있어 도입과 결말 구조를 무시하며 줄거리가 없는 경우도 있다.36)

따라서 우동尤侗의 「독이소讀離騷」의 구도 속에서는 정면인물이 극복하고 물리쳐야 할 뚜렷한 반면인물이 존재하지 않으며 주인공에게 근본적인 고통을 제공하는 주체가 사회이기 때문에, 이러한 갈등을 해소하기 위해 보다 적극적인 자세로 사회와 대적하기보다는 자신이 속한 사회를 벗어나는 현실도피 방법이 사용되었다. 즉, 우동尤侗은 「독이소讀離騷」의 주인공 굴원을 이상적인 삶을 구현할 수 있는 초현실세계로의 귀의라는 형식을 택했다.37)

---

36) 陳建華,「論明清雜劇的詩化色彩」,『魯行侹院學報』, 2002, 第1期 참조.

37) 【清江引】雲時間橫波捲大風, 河伯來歸貼. 馬빌霙逐流沙, 狐首還丘壟. 慘回頭故國山河, 照落紅.(作投水下)

굴원은 임금으로부터 버림받은 뒤, 자신이 임금과 사회를 변화시키기 위해 아무것도 할 수 없는 존재임을 자각하고, 죽음으로 자신을 고통스럽게 하는 사회에서 벗어나고자 하였다. 우동尤侗은 굴원을 통해 당시 만주족과 한족의 차별이라는 현실적인 문제를 타개하여 자신의 지위를 회복할 수 있는 뚜렷한 해결책을 찾을 수 없어 부득이하게 소극적인 현실도피를 택할 수밖에 없는 자신의 입장을 반영하고 있다.38) 이로 인해, 우동尤侗은 작가 개인의 서정표현과 아름다운 문사文辭 사용에만 치중할 뿐, 현실에 대한 참여의식과 비판정신이 결핍되었다는 평가를 받기도 하였다.39)

3. 『초사楚辭』와 굴원 관련 시문詩文 활용

전통시기 중국문인늘에게 있어서 기존 시문의 모방과 인용을 토대로 한 글쓰기는 창작의 일환으로 인식되었다. 때문에 중국문인들은 부賦·시詩·사詞 등 거의 모든 문학 장르에서 전대前代 문인들이 창작한 작품을 본보기로 삼아 이를 모방하고 변형하여 새로운 작품을 창작하였다. 이러한 경향은 명말청초 문인창작 희곡에도 나타나는 현상으로, 시문에 능통한 이 시기 문인들은 자신이 주인공으로 택한 인물과 관련 된 시문이나 전고를 희곡에 마음껏 활용하였다.

우동尤侗 역시 이러한 희곡 창작방법에 충실했던 인물이다. 그는 문체는 시대에 따라 변하는 것이라고 인식하며, 시사곡詩詞曲은 하나

(金童玉女持節上)玉樓已召唐公子, 貝闕還迎楚大夫. 唱盡九歌, 人不見滿天風雨洞庭湖. 我等奉洞庭君之命來, 請屈大夫爲水仙. 白龍速來迎接者(龍舞上向內, 末上騎走科)(尤西, 「讀離騷」3折, 『尤西堂全集』康熙刻本).

38) 郭英德, 『明淸傳奇史』(江蘇古籍出版社, 2001, 311쪽 참조).

39) 姜濤, 『古代散文文體槪論』, 山西人民出版社, 1990, 125~159쪽 참조.

로 통하는 것으로 굳이 분리해야 할 필요는 없다고 말하고 있다.[40]

우동尤侗은 이러한 인식하게 기존의 전통 문인의 '술이부작述而不作'하는 글쓰기 방법으로 희곡을 창작하였다. 바로 그는 「독이소讀離騷」에서 굴원의 『초사楚辭』를 바탕으로 극을 구성하고, 실제 굴원의 창작한 시문과 굴원과 관련된 시문 및 전고를 바탕으로 극본을 창작하였다. 「독이소讀離騷」 1折은 굴원이 지은 「천문天問」과 「복거卜居」를 근간으로 삼았으며, 「독이소讀離騷」 2절折은 굴원이 지은 「운중군雲中君」, 「상군湘君」, 「상부인湘夫人」, 「대사명大司命」, 「소사명少司命」을, 「독이소讀離騷」 3절은 굴원이 지은 「어부사漁父辭」를, 「독이소讀離騷」 4절은 굴원이 지은 「구가九歌」와 송옥이 지은 「초혼招魂」、「고당부高塘賦」를 근간으로 삼았다.[41]

---

40) "文者與世變者也. …… 天地變而世變, 世變而文變, 使世而不變, 則揖讓之後無征誅, 征誅之後無封建, 封建之後無郡縣, 郡縣之後無割據矣. 使文而不變, 則謨典之後無誓誥, 誓誥之後無論策, 論策之後無詩賦, 詩賦之後無詞曲, 詞曲之後無制矣. …… 然而造化大奇, 非可意測, 方其未變, 不知其變者至也, 及其變, 不知其變變者又至也."(尤西, 「己丑眞風記序」, 『尤西堂全集』 康熙刻本)

"詞之近調, 卽爲曲之引子, 慢詞卽爲過曲, 間有名同而調異者, 後人增損使合拍耳. 偸聲減字, 攤破哨遍, 不隱然爲犯曲之祖乎? 太白之簫聲咽, 樂天之汴水流, 此以詩塡詞者也. 柳七之曉風殘月, 坡公之大江東去, 此以詞度曲者也. 由詩入曲, 正如風起靑蘋, 必勝於土壤. 水發濫觴, 必極于覆舟, 勢使然也. 而說者斷欲判而三之, 不亦固乎?"(尤西, 「名詞選勝序」, 『尤西堂全集』 康熙刻本)

41) 「讀離騷」1折과 3折(『尤西堂全集』康熙刻本)과 류성준 편저의 『楚辭』(문이재 2002. 114~5쪽).

「讀離騷」1折: [混江龍]小兒造化七顚八倒, 總由他. (我問他)九重誰疊? 八柱誰加? (我問他)女媧手怎補黏五色石, (我問他)康回頭怎撞破百川注, (我問他)五百八十九分老羲和, 打過幾盤算, (我問他)二億三萬餘里, 荞章亥踹破幾雙靴, (那日月呵)爲甚急忙忘跳雙丸烏飛兎走. (那星辰呵)爲甚密叢叢編五珠虎攫龍拏. (那雲霧呵)爲甚紀縵縵白馬黃牛陳海市. (那風雨呵)爲甚豁條條嬰兒少女鬪窗紗. …… (可怪的)馬出圖. 龜出書. 更效麒麟, 哭斷二百年魯史. (可疑的)燕生商, 熊生夏, 并活鳥翼扶起三十世周家. (可託的)四目頡, 鬼泣神號, 只一畫亂演典墳丘索. …… (可恨的)酒池肉林, 無愁天子儘消受玉杯象箸. (可惜的)夏臺姜里, 有道聖人也不免鐵鎖銅枷.

『楚辭』「天問」: 曰遂古之初, 誰傳導之? 上下未形, 何由考之? 冥昭맹闇, 誰能極之? 馮翼惟像, 何以識之? 明明闇闇, 惟時何爲? 陰陽三合, 何本何化? 圜則九重, 孰營度之? 惟玆何功, 孰初作之? …… 康回馮怒, 地何故以東南傾? …… 羲和之未揚, 若華何光? …… 能魚何所? 魁堆焉處? 烏焉解羽? …… 女媧有體, 孰制匠之? …… 愛出子文, 是淫是蕩, 吾告堵敖, 以楚子不長. 何試上自序, 忠名彌彰?

「讀離騷」3折: (漁)子非三閭大夫乎. 何故顏色憔悴, 形容枯槁, 一至於斯. (末)然也. 衆人皆濁, 我獨淸, 衆人皆醉, 我獨醒. 是以見放. …… (漁)吾聞聖人不凝滯於物, 而能與世推移. 擧世皆濁, 何不淈其泥而揚其波. 衆人皆醉, 何不餔其糟而歠其醨. 何故心思遠擧, 自令放爲.(末)漁父但知其一, 不知其二夫. 新沐者必彈冠, 新浴者必振衣. 安能以身之察察, 受物之汶汶者乎. 安能以皓皓之白, 而蒙世俗之塵埃乎. …… (漁背科)看此人志意堅決, 不可挽回. 多言無益, 吾去也.(歌云)滄浪之水淸兮, 可以濁吾纓. 滄浪之水濯兮, 可以濯吾足(下).

『楚辭』「漁父辭」: 屈原旣放, 游於江潭, 行吟澤畔. 顏色憔悴, 形容枯槁. 漁父見而問之曰, 子非三閭大夫與. 何故

우동尤侗은 굴원이 직접 지은 작품과 그의 제자 송옥이 굴원에 대해 쓴 시문을 차용하여 곡패曲牌의 자수字數와 압운押韻 등 여러 가지 제약에 맞추어 원문의 본의를 살리면서, 동시에 다양한 언어를 운용하여 전체적인 작품의 맥락과 자연스럽게 조화를 이루는 창唱과 백白을 재창작하였다. 이에 대해 어떤 이는 우동尤侗이 학식과 문재를 과시하기 위해서라는 의견을 제시하고 있으나42), 필자는 문인의 전통적인 글쓰기 습관과 그의 문학적 상상력에 입각하여 희곡을 창작한 것으로 보인다. 이 때문에 정진탁은 尤侗의 희곡 창작과 문학적 상상력에 대해 극찬을 하였다.43)

이와 같이, 우동尤侗의 「독이소讀離騷」가 당시는 물론 후대인에게까지 극찬을 받은 또 다른 이유는 바로 기존의 굴원희를 창작한 작가들의 작품을 넘어 서는 참신성에 있다.44)

따라서 우동尤侗은 굴원을 제재로 했던 억대 다른 희곡들을 파익하고45) 각 작품들의 단점을 보충하여 굴원을 주인공으로 선택한 이전의 희곡작품보다 더 참신하고 완성도 높은 희곡을 창작하고자 노력하였다. 또한 그는 역대 굴원희의 장점을 취하고, 단점을 보완하여

至於斯. 屈原曰, 擧世皆濁, 我獨淸, 衆人皆醉, 我獨醒. 是以見放. 漁父曰, 聖人不凝滯於物, 而能與世推移. 世人皆濁, 何不淈其泥而揚其波. 衆人皆醉, 何不餔其糟而歠其醨. 何故心思遠擧, 自令放爲. 屈原曰, 吾聞之. 新沐者必彈冠, 新浴者必振衣. 安能以身之察察, 受物之汶汶者乎. 寧赴湘流葬於江魚之腹中, 安能以身之察察, 受物之汶汶者乎. 漁父莞爾而笑, 鼓枻而去. 乃歌曰, 滄浪之水淸兮, 可以濁吾纓. 滄浪之水濯兮, 可以濯吾足. 遂去不腹與言.

42) 朴良華, 『尤侗戲曲硏究』, 서울大學校 碩士學位論文, 2006.8, 23~24쪽 참조.

43) "若洞庭君之遣白龍化身漁父, 迎接屈原爲水仙, ……, 幷皆出於常人之意外." "就曲文觀之, 則侗誠不愧才子. 其使事之典雅, 韻語之俊逸, 行文之楚楚, 動人在在皆, 令讀者神爽."(鄭振鐸, 「西堂樂府跋文」, 『淸人雜劇初集』 卷4, 1931 影印本)

44) "假使飛燕太眞生在今時, 則必不奏歸風之歌, 播羽衣之舞. 文君孫壽來于此地, 則必不掃遠山之黛, 施墮馬之妝. 何者? 數見不鮮也."(尤侗, 「閒情偶寄序」, 『尤西堂全集』 康熙刻本)

45) 尤侗의 「閑情偶寄序」와 「西堂樂府自序」(『尤西堂全集』康熙刻本) 참조.

자신의 「독이소讀離騷」를 창작하였다. 그 대표적인 예로, 그는 당시 굴원희 가운데 수작으로 손꼽히던 정유鄭瑜의 「멱라강汨羅江」에 대해 「이소離騷」를 개작하는 데 있어 문장이 매끄럽지 못 한 점을 단점으로 지적하고46) 이를 보완하면서 「독이소讀離騷」를 지었다.47)

우동尤侗은 정유鄭瑜 작품의 미진한 부분을 보충하고, 나아가 뛰어난 언어운용능력과 상상력과 같은 다양한 희곡적 장치를 통해 「이소離騷」뿐만 아니라 굴원이 실제 창작한 다른 작품들까지도 자신의 희곡에 포섭하여 정유鄭瑜의 한계를 극복하였다.

지금까지의 고찰을 통해 본 결과, 우동尤侗은 시대가 변하면 문체도 변한다는 인식하에 희곡 또한 정통문인들의 글쓰기 장르에 포함시켜 자신의 의견과 감정을 표출하였다. 따라서 그는 문인의 글쓰기 방법으로 굴원이 직접 지은 시문詩文과 후대 굴원과 관련된 시문을 활용하여 「독이소讀離騷」를 창작하였다. 이는 명말청초 희곡이 문인 글쓰기의 하나로 정착하고 있음을 볼 수 있다.

명 중기 희곡에 대한 문인들의 인식이 서서히 변화하면서 정통문인들이 희곡을 창작하기 시작하였다. 그들은 희곡을 통해 뜻하지 않게 조정으로부터 내침당한 자신들의 울분을 표출하였다. 명말청초 우

---

46) "近見西神鄭瑜著汨羅江一劇殊佳, 但檃括騷經入曲, 未免聱牙之病."(尤侗, 「讀離騷自序」, 『尤西堂全集』康熙刻本)

47) 굴원의 「離騷」: 帝高陽之苗裔兮, 朕皇考曰伯庸. 攝提貞于孟陬兮, 惟庚寅吾以降. 皇覽揆余初度兮, 肇錫余以嘉名. 名余曰正則兮, 字余曰靈均. 紛吾旣有此內美兮, 又重之以脩能. 扈江離與辟芷兮, 紉秋蘭以爲佩. 汨余若將不及兮, 恐年歲之不吾與. 朝搴阰之木蘭兮, 夕攬洲之宿莽. 日月忽其不淹兮, 春與秋其代序. 惟草木之零落兮, 恐美人之遲暮. 不撫壯而棄穢兮, 何不改此度? 乘騏驥以馳騁兮, 來吾道夫先路.
鄭瑜의 「汨羅江」: 【駐馬聽】正則名高, 內美江離香擷草. 靈均爲號, 修能辟芷佩垂腰. 搴阰蘭宿莽總蕭, 倏恐美人遲暮悲零落. 歎春秋淹忽蚤, 撫壯年麒麟來先道.
尤侗의 「讀離騷」: 【駐馬聽】顓頊神宗, 陬孟庚寅承帝寵. 伯庸近統, 靈均正則賜微躬. 高冠長佩自雍容, 江籬薜芷嘗吟弄. 誰知今日呵囚笯籠, 楚歌一曲悲衰鳳.

동尤侗 역시 기본적으로 명 중기 문인 희곡가들의 유풍을 계승·발전시켜 희곡을 통해 개인적인 감정과 의론을 드러냈다. 이를 정리하면 다음과 같다.

첫째, 우동尤侗은 주로 문인계층을 관객과 독자로 상정하고 자신의 울분을 표현하는 데 초점을 맞춰 회재불우懷才不遇한 자신과 처지가 비슷한 굴원을 작품의 주인공으로 선택하였다. 이러한 공연환경과 소재의 사용은 전통 희곡의 갈등구조와 표현방식에 영향을 주었다. 우동尤侗은 굴원이 지은 『초사楚辭』를 바탕으로 하여 「독이소讀離騷」의 극 구조와 극본을 창작하였으며, 갈등구조에 있어서도 전통 희곡의 그것과 달리 개인과 사회와의 대립으로 설정하였다.

둘째, 우동尤侗은 「독이소讀離騷」의 주인공 굴원을 통해 청 왕조에 등용되고자 하는 자신의 정치적 입장을 표현하였다. 이 극에서 그는 비록 부패한 과거제도와 민주족과 힌족의 차별대우에 대힌 불민을 표현하고 있지만, 초현실적인 극의 결말과 현실에서의 그의 처세로 미루어 볼 때 출사하고자 하는 강렬한 욕망과 현실문제에 대한 의론을 표명하고 있다고 볼 수 있다.

셋째, 우동尤侗은 극적 긴장감과 변화무쌍한 기승전결이 있는 흥미진진한 이야기 전개보다 감정의 표현에 집중하였다. 때문에 「독이소讀離騷」는 뚜렷한 반면 인물의 부재와 이야기의 약한 서사성으로, 고통받고 고뇌하는 굴원이라는 정면인물의 감정표출에 주로 집중되어 있다.

넷째, 시사곡詩詞曲을 하나로 인식한 우동尤侗은 문인의 글쓰기 습관에 입각하여 굴원이 창작한 『초사楚辭』와 굴원과 관련 된 시문詩文을 활용하여 「독이소讀離騷」를 창작하였다.

위의 우동尤侗의 「독이소讀離騷」 네 가지 예술특징은 명말청초 문
인의 희곡창작 양상을 보여 주는 것으로, 점차 희곡이 문인 글쓰기의
하나로 정착하고 있음을 볼 수 있다.

검보, 스테레오타입의 시각적 재현

-경극 삼국희三國戱 검보를 중심으로-

정유선

1. 등장인물의 스테레오타입
2. 스테레오타입의 시각적 재현

검보는 경극의 얼굴화상[1] 가운데 하나로, 수로 정浄과 축丑 두 배역에 사용되며 인물에 따라 그 나름의 독특한 색과 도안을 가지고 있다. 검보는 세계 어느 나라에서도 찾아볼 수 없는 중국 공연예술의 대표적인 얼굴분장이라 할 수 있다.

이러한 검보의 색과 도안은 극을 공연하는 배우들이 오랜 시간 동안 공연 현장의 불특정 다수 관객들과의 소통을 통해 이루어진 것이다. 검보는 오랜 세월 동안 여러 문화적 요소들이 흡수되어 형성된 적층적 문화의 표상으로, 극 속에서 배우와 관객의 상호교감과 호흡을 이끌어 내는 요소 중 하나라고 할 수 있다. 따라서 검보는 단순히

---

1) 경극의 얼굴화장은 크게 素面화장과 塗面화장으로 나뉜다. 소면화장은 生과 旦 각색에 사용되며, 얼굴바탕에 살색과 분홍색 분을 살짝 바르고 검은색으로 눈과 눈썹을 그리는 화장법으로 潔面 혹은 俊扮이라고도 한다. 도면화장은 淨과 丑 각색에 사용되며, 극 중 인물의 특징에 따라 색과 도안을 그려 넣는 색채화장을 말하며, 이를 花面이라고도 한다.

각 등장인물의 얼굴에 색과 도안을 그린 화장이라는 일반적인 이해
를 넘어서는 더 큰 의미를 지닌다.

　여기에서 주목할 것은 검보가 극 중 등장인물의 캐릭터에 대해 '오
랫동안 관객과의 소통을 통해 만들어진 시각적 표상'이라는 것으로,
이것이 바로 일반 대중에 이미 고착화되어 버린 그 배역에 대한 이미
지이다. 필자는 이러한 관객들에게 고정화된 극 중 배역의 이미지를
스테레오타입(stereotype)으로 보고자 한다. 스테레오타입은 "특정한
인물이 미디어 텍스트상에서 가장 단순한 의미로 고정되어 지속적으
로 반복된 결과, 보는 사람들로 하여금 그것을 의심 없이 받아들이게
만드는 고정관념"을 말한다.2) 검보는 각 극에 등장하는 인물의 스테
레오타입을 독특한 상징과 기호를 이용하여 시각적으로 재현한 미디
어 텍스트라고 볼 수 있다.

　따라서 본고에서는 중국인은 물론 동양인이라면 누구나 알 수 있
는 익숙한 스테레오타입을 제공하는 삼국희三國戱3) 공연에 사용되는
검보를 연구대상으로 삼아 경극 검보의 구성 원리와 여기에 담겨 있
는 사회문화적 의미를 고찰하고자 한다. 기본 텍스트는 2005년 중국
中國 조화출판사朝華出版社에서 출판된 조몽림趙夢林의『중국경극검
보中國京劇臉譜』에 수록된 삼국희 관련 작품에 등장하는 인물의 검보
를 대상으로 하였다. 이를 정리하면 다음과 같다.

　① 삼국희 관련 작품 33편

　「甘露寺감로사」, 「擊鼓罵曹격고매조」, 「古城會고성회」, 「空城計공성

2) 강인경, 「스테레오타입에 대하여(2)」, 『미디어교육』, 우리초등교육, 1999.5, 139쪽 참조.
3) 삼국희란 삼국 관련 이야기를 연출한 모든 공연예술을 통칭한 말이다.

계」, 「과오관過五關」, 「과파주過巴州」, 「군영회群英會」, 「단도회單刀會」, 「단산곡壇山谷」, 「래양현來陽縣」, 「박망파博望坡」, 「백기겁위영百騎劫魏營」, 「봉명관鳳鳴關」, 「봉의정鳳儀亭」, 「봉황이교鳳凰二喬」, 「소도원小桃園」, 「소요진逍遙津」, 「수엄칠군水淹七軍」, 「실가정失街亭」, 「양평관陽平關」, 「연영채連營寨」, 「장판파長坂坡」, 「전북원戰北原」, 「전완성戰宛城」, 「전위수戰渭水」, 「전장사戰長沙」, 「정군산定軍山」, 「주맥성走麥城」, 「천수관天水關」, 「철롱산鐵籠山」, 「칠금맹획七擒孟獲」, 「호화탕芦花蕩」, 「화용도華容道」

② 등장인물 52명 81개 검보

姜維강유, 賈華고화, 孔秀공수, 郭淮곽회, 關羽관우, 關平관평, 旗牌기패, 凌統능통, 董卓동탁, 杜襲두습, 鄧艾등애, 馬謖마속, 孟達맹달, 孟譚맹담, 孟獲맹획, 慕容烈모용열, 文聘문빙, 龐統방통, 沙摩柯사마가, 司馬師사마사, 司馬懿사마의, 徐晃서조, 孫權손권, 樂進악진, 嚴顔엄안, 呂夢여봉, 于禁우금, 魏延위연, 蔣干장간, 張飛장비, 張苞장포, 張郃상합, 蔣欽장흠, 典韋전위, 程普정보, 曹操조조, 曹洪조홍, 周倉주창, 周泰주태, 秦琪진기, 蔡陽채양, 焦炳초병, 探子탐자, 太史慈태사자, 夏候德하후덕, 夏候惇하후돈, 夏候蘭하후란, 夏候淵하후연, 韓德한덕, 許褚허저, 華歆화흠, 黃盖황개4)

---

4) 趙夢林의 『中國京劇臉譜』(朝華出版社, 2005)에 삼국희 등장인물의 검보에 붙여진 번호를 나열하면 다음과 같다. 姜維(49번), 賈華(70번), 孔秀(62번), 郭淮(68번), 關羽(43,357,358,359,360번), 關平(364번), 旗牌(389번), 凌統(78번), 董卓(69번), 杜襲(365번), 鄧艾(52번), 馬謖(71번), 孟達(47,349번), 孟譚(61번), 孟獲(380번), 慕容烈(348번), 文聘(352번), 龐統(42번), 沙摩柯(48번), 司馬師(66번), 司馬懿(65번), 徐晃(60번), 孫權(75번), 樂進(386번), 嚴顔(46번), 呂夢(74번), 于禁(368번), 魏延(45,376번), 蔣干(67번), 張飛(41,369,370,371,372번), 張苞(50번), 張郃(58,387번), 蔣欽(77번), 典韋(55,353,374번), 程普(72번), 曹操(53,367,381,382,383,384번), 曹洪(59,366번), 周倉(363번), 周泰(44,79,361,362번), 秦琪(64번), 蔡陽(63번), 焦炳(347번), 探子(388번), 太史慈(76,375번), 夏候德(51번), 夏候惇(54,391번), 夏候蘭(385번), 夏候淵(56,351,355,356번), 韓德(350번), 許褚(57,354,373번), 華歆(390번), 黃盖(73번)

1. 등장인물의 스테레오타입

> 왕팽王彭은 일찍이 "거리의 아이들은 경박하고 아둔하여 집안의
> 골칫거리였다. 간혹 그 아이들에게 돈이라도 주면 곧장 모여 앉아
> 옛날이야기를 들었다. 삼국 이야기를 할 때는 유현덕이 졌다고 하
> 면 이마를 찡그리며 눈물을 흘리고, 조조가 졌다고 하면 좋아서 소
> 리를 질렀다."고 하였다. 5)

이 글은 북송 때 어느 거리의 아이들이 삼국 이야기를 듣고 있는
모습을 설명하는 소식蘇軾의 『동파지림東坡志林』 권일卷一 「회고懷古」
'도항소아청설삼국어塗巷小兒聽說三國語'의 일부이다. 윗글의 내용을
보면, 삼국 이야기에 등장하는 조조에 대한 부정적인 이미지와 유비
에 대한 긍정적인 이미지가 동네 평범한 아이들에게 이미 자리 잡고
있음을 단적으로 시사하고 있다.

삼국 이야기에 등장하는 인물들의 스테레오타입은 오랜 세월에 걸
쳐 형성되고 반복되었으며, 다시 재생산되어 일반대중에게 이미 하나
의 고정관념으로 자리 잡고 있다. 그래서인지 우리 역시 간웅이라 불
리는 조조 이미지, 인화仁化의 화신인 유비 이미지, 의리와 충절의 관
우 이미지 그리고 하늘도 속일 만한 지혜의 소유자인 제갈량 이미지
등 굳이 삼국 관련 공연이나 소설을 보지 않아도 주요 등장인물의 스
테레오타입을 떠올리기란 어렵지 않다. 이러한 등장인물들의 정형화
된 이미지는 과거 역사 속 실제 인물의 행적과는 별도로 생산되어진
사회적 산물이라 할 수 있다.

우리는 삼국 이야기 속 등장인물의 스테레오타입 생산 주체가 누

---

5) "王彭嘗云: 塗巷中小兒薄劣, 其家所厭苦, 輒與錢, 令聚坐聽說古話. 至說三國事, 聞劉玄德敗, 顰蹙有
出涕者; 聞曹操敗, 則喜唱快."(蘇軾, 『東坡志林』 卷一 「懷古」, 中華書局, 1997. 7쪽)

구인지, 어느 집단인지에는 개의치 않고 동서고금을 막론하고 이미 고정된 이미지를 현재까지도 그것의 본질에 대한 고찰이나 비판적 시각 없이 자연스럽게 받아들이고 있다. 그리고 심지어 우리는 실제 역사 속 인물의 이미지보다는 이야기 속에서 만들어진 등장인물로서의 이미지를 현실 세계까지 끌어들이고 있다.

이규완이 대학생을 대상으로 삼국지에 등장하는 인물의 이미지 구성에 현실적으로 영향을 줄 수 있는 정사 삼국지, 삼국지연의, 그리고 삼국지 관련 인터넷 사이트, PC 게임 등 각기 다른 삼국지에 관한 정보원에 따라 소설 삼국지에 등장하는 리더 14명의 이미지에 관해 설문조사하고 분석한 결과, 대체로 소설 삼국지연의 등장인물의 이미지와 비중에서 기존 인식의 틀을 크게 벗어나지 않았다.6) 이러한 조사 연구는 우리에게 시사하는 바가 매우 크다.

이러한 현상이 일어나게 된 주요 원인으로 삼국시 등장인물의 스테레오타입 형성과 수용과정에서 갖가지 정치, 사회, 문화적 작용과 대중의 담론 등이 있겠으나, 본고에서 필자는 이러한 현상의 주요요인을 스테레오타입이 실현되는 방식이라는 각도에서 보고자 한다. 이는 스테레오타입을 형성하고 유통하며 수용하는 매체의 시작이 논리적 사고를 요하는 문자텍스트가 아닌 현장성을 지닌 공연의 형태로부터 일반 대중에 접근했기 때문이다. 따라서 본 장에서는 삼국희 등장인물의 스테레오타입을 형성하게 된 공연의 특성과 등장인물의 스

---

6) 이규완은 이 연구에서 리더로 분류한 인물들은 일정한 기간 한 집단의 우두머리 역할을 했는지를 기준으로 삼아 조조, 유비, 손권, 원소, 원술, 공손찬, 유표, 장로, 동탁, 이각과 곽사, 손견, 손책, 여포 14명을 선택했다. 그러나 그는 제갈량과 관우와 같은 인물은 리더 이상으로 뚜렷한 이미지를 갖고 있지만, 엄밀한 의미에서 한 집단의 리더가 아닌 추종자로 구분했다(이규완, 「소설 삼국지에 등장하는 리더의 이미지에 관한 연구」, 『언론과학연구』, 제3권 1호, 한국지역언론학회, 2003.4 참조).

테레오타입 유형에 대해 살펴보고자 한다.

1) 경극 삼국희 공연 양상

삼국 이야기에 관련한 공연은 원대元代『전상평화삼국지全相平話三國志』와 명대明代 소설『삼국지연의三國志演義』출간 이전부터 다양한 형태와 내용으로 연출되고 있었다. 대부분의 삼국희는 형식과 내용에 있어 삼국 관련 특정인물과 특정사건을 소재로 한 이야기가 한 꼭지씩 강창講唱되거나 단막극으로 공연되었다.7)

이러한 상황은 경극에서도 마찬가지이다. 본고에서 연구 텍스트로 삼은 33편의 경극 작품을 주요인물과 내용별로 정리하면 다음의 표와 같다.8)

〈표 1〉 경극 삼국희 33편의 내용과 주요등장인물

극목	주요인물	삼국지연의 해당 회	내용9)
甘露寺 감로사	유비	54회	吳國太佛寺看新郞오국태불사간신낭 劉皇叔洞房續佳偶류황숙동방속가우
擊鼓罵曹 격고매조	조조	23회	禰正平裸衣罵賊녜정평나의매적
古城會 고성회	관우	28회	會古城主臣聚義회고성주신취의
空城計 공성계	제갈량	44회	孔明用智激周瑜공명용지격주유 孫權決計破曹操손권결계파조조
過五關 과오관	관우	27회	美髥公千里走單騎미염공천리주단기 漢壽侯五關斬六한수후오관참륙

---

7) 김진곤의 박사학위논문『宋元平話硏究』(서울대학교 박사학위논문, 1996) 부록 255쪽 참조

8) 위의 표는 黃鈞 等의『京劇文化詞典』(漢語大詞典出版社, 2001)과 120回本『三國志演義』를 바탕으로 정리하였다. 본고의 기본 텍스트로 삼은 33편 중 29편은『京劇文化詞典』에 수록되어 있는 82편의 삼국희 속에 들어 있으며, 나머지 4작품은 중국인터넷 사이트 中國雅虎(www.cn.yahoo.com)와 百度(www.baidu.com) 그리고 소설『삼국지연의』와 대조하여 작성하였다.

작품명	인물	회차	원제
過巴州 과파주	장비	63회	張翼德義釋嚴顏장익덕의석엄안
群英會 군영회	조조	45-49회	三江口曹操折兵삼강구조조절병 群英會蔣幹中計군영회장간중계
耒陽縣 뢰양현	방통	57회	耒陽縣鳳雛理事뢰양현봉추리사
單刀會 단도회	관우	66회	關雲長單刀赴會관운장단도부회
壇山谷 단산곡	강유	114회	姜維棄糧勝水魏兵강유기양승수위병
博望坡 박망파	제갈량	39회	博望坡軍師初用兵박망파군사초용병
百騎劫魏 백기겁위 營영	능통, 감녕	68회	甘寧百騎劫魏營감녕백기겁위영
鳳鳴關 봉명관	조자룡	92회	趙子龍力斬五將조자룡력참오장
鳳儀亭 봉의정	동탁, 여포	8회	董太師大鬧鳳儀亭동태사대료봉의정
鳳凰二喬 봉황이교	손책, 주유	44회	孔明用智激周瑜공명용지격주유
小桃園 소도원	유비	81회	急兄讐張飛遇害급형수장비우해 雪弟恨先主興兵설제한선주흥병
逍遙津 소요진	손권, 장요	66회	張遼威震逍遙津장료위진소요진
水淹七軍 수엄칠군	관우	74회	關雲長放水淹七軍관운장방수엄칠군
失街亭 실가정	제갈량	95회	馬謖拒諫失街亭마속거간실가정
陽平關 양평관	조조	71회	曹操平定漢中地조조평정한중지
連營寨 연영채	유비	84회	陸遜營燒七百里륙손영소칠백리 孔明巧布八陣圖공명교포팔진도
長坂坡 장판파	조자룡	42회	張翼德大鬧長板橋장익덕대료장판교
戰北原 전북원	제갈량	102회	司馬懿占北原渭橋사마의점북원위교 諸葛亮造木牛流馬제갈량조목우류마
戰宛城 전완성	조조	16회	呂奉先射戟轅門려봉선사극원문 曹孟德敗師淯水조맹덕패사육수

戰渭水 전위수	제갈량	94회	諸葛亮乘雪破羌兵제갈량승설파강병
戰長沙 전장사	관우	53회	關雲長義釋黃漢升관운장의석황한승
定軍山 정군산	황충, 장합	70회	猛張飛借取瓦隘맹장비차취와애 老黃忠計奪天蕩山노황충계탈천탕산
走麥城 주맥성	관우	76회	關雲長敗走麥城관운장패주맥성
天水關 천수관	제갈량, 강유	93회	姜伯約歸降孔明강백약귀강공명
鐵籠山 철롱산	강유	109회	困司馬漢將奇謀곤사마한장기모 廢曹芳魏家果報폐조방위가과보
七擒孟獲 칠금맹획	제갈량	90회	驅巨獸六破蠻兵구거수륙파만병 燒藤甲七擒孟獲소등갑칠금맹획
芦花蕩 호화탕	유비, 주유	55회	玄德智淚孫夫人현덕지누손부인 孔明二氣周公瑾공명이기주공근
華容道 화용도	제갈량	50회	諸葛亮智算華容제갈량지산화용 關雲長義釋曹操관운장의석조조

이 표를 근거로 경극 삼국희의 공연양상을 몇 가지로 정리할 수 있다.

첫째, 경극 이전 전통극의 공연양식과 마찬가지로 경극 삼국희 역시 삼국 관련 특정인물과 특정사건을 소재로 한 단막극을 위주로 공연되었다. 이러한 공연양식은 공연의 시간적·공간적·경제적 제약으로 인해 장편의 삼국 이야기를 한 호흡으로 공연하기에는 어려운 상황이기 때문이다. 따라서 삼국희는 연대본희連臺本戲보다는 일반 청중이 가장 재미있어 하거나 좋아하는 절자희折子戲의 형태로 공연되어 왔다.

둘째, 공연내용이 대부분 촉을 세운 유비진영에 치우쳐 있다. 위에 열거된 작품 가운데 「격고매조擊鼓罵曹」, 「군영회群英會」, 「백기겁위영百騎劫魏營」, 「봉의정鳳儀亭」, 「봉황이교鳳凰二喬」, 「소요진逍遙津」,

---

9) 서술의 편의상 『三國志演義』 해당 回의 제목을 기입하였다.

「전완성戰宛城」을 제외하고는 모두 유비진영의 인물과 사건이 영웅적이고 긍정적인 면이 부각되고 있다. 그리고 이 일곱 작품의 내용 역시 꾀 많고 오만하며 비겁한 조조가 망신을 당하거나 오와의 싸움에서 대패하는 상황, 동탁과 여포의 싸움, 손책과 원술의 싸움 등으로 유비진영과 직접적으로 관계는 없지만 극 속 등장인물의 활약이 관객들에게 긍정적이기보다는 부정적인 이미지를 심어 주는 데 일조하고 있다.

셋째, 극 중 주요 등장인물의 등장횟수에 있어 촉 진영 인물들이 위나 오에 비해 현격히 많다. 진수陳壽의 정사正史『삼국지三國志』에 실려 있는 인물은 위나라 136명(위서魏書: 본기本紀 6명, 전傳 130명), 촉나라 68명(촉서蜀書: 전傳 68명), 오나라 93명(오서吳書: 전傳 93명)으로 되어 있다.10) 촉서에 실려 있는 인물은 위나라나 오나라에 비해 상대적으로 적은 수임에도 불구하고, 공연에서는 무대에 노출되는 주요 등장인물이니 횟수가 촉서와는 매우 다른 양상을 보여 주고 있다.

위: 조조(4회), 장요(1회), 장합(1회)
촉: 제갈량(8회), 관우(6회), 유비(4회), 강유(3회), 조자룡(2회), 방통(1회), 장비(1회), 황충(1회)
오: 주유(2회), 감녕(1회), 능통(1회), 손권(1회), 손책(1회)
기타: 동탁(1회), 여포(1회)

위의 두 번째와 세 번째 특징은 비단 본고의 텍스트로 삼은 33편의 삼국희에 국한된 것은 아니다. 『경극문화사전京劇文化詞典』에 수록된 82편의 삼국희 중 80%가량이 유비진영을 중심으로 한 인물과 사건을

---

10) 陳壽, 『三國志』, 中華書局, 2007.

극화한 작품이었다.11) 따라서 이 같은 삼국희 공연 양상을 경극 삼국
희 전반에 적용시켜도 크게 무리가 없을 듯하다.

앞서 언급한 공연양식, 공연내용, 주요 등장인물의 등장횟수를 특
징으로 하는 삼국희는 각 등장인물의 스테레오타입 형성에, 그리고
이미 형성된 각 등장인물의 스테레오타입은 삼국희 공연 양상에 상
호 영향을 끼쳤을 것으로 본다. 이 같은 내용과 등장인물로 구성된
공연이 자주 반복될수록 관객에게는 등장인물에 대한 이미지가 더욱
더 확실하고 강하게 각인될 것이다.

2) 등장인물의 스테레오타입 유형

문화연구가 스튜어트 홀(Stuart Hall)은 스테레오타입을 "복잡한 차
이들을 하나의 단순한 골판지 컷 아웃으로 축소시킨 결과에서 나온
일방적인 묘사"라고 정의하고, 두 개의 상반되는 반쪽, 즉 좋고 나쁜
측면으로 나뉘는 분열, 혹은 이중성을 그것의 특징으로 삼았다. 이렇
게 양분된 것 사이와 또 각 범주 안에 있는 많은 차이들은 사라지고
단순화되어 버리므로, 일방적으로 묘사된 타자의 특징은 하나의 기호
가 되고, 그 기호들이 주체의 존재, 즉 그것의 본질을 정의해 버리는
데서 정형화가 발생한다고 하였다.12) 특히나 스테레오타입과 공식에
의존하는 집단예술13)에는 그것의 본질이 어떠한지에 대한 고려의 여

---

11) 黃鈞 等 篇, 『京劇文化詞典』, 漢語大詞典出版社, 2001, 324~341쪽 참조. 鍾揚의 분석에 따르면 『삼국지
연의』의 내용 역시 유비진영의 내용이 전체의 2/3를 차지하고 있다고 한다(「七實三虛還是三實七虛-
三國演義創作方法新證」, 『安慶師院社會科學學報』, 1991年, 3期).

12) Stuart Hall, "The West and the Rest: Discourse & Power", Formation of Modernity; eds. Stuart Hall &
Bram Gieben, Cambridge, Polity Press/The Open University, UK, 1992, pp276-331(김현주, 「스테레오
타입: 재현된 아시아 여성과 아시아계 미국 여성의 재현」, 『서양미술사학회논문집』 24집, 서양미
술사학회, 2005.12 재인용).

13) 제임스 프록터 저, 손유경 역, 『지금 스튜어트 홀』, 앨피, 2006, 54~61쪽 참조.

지나 반영도 없이 집단에 의해 스테레오타입화되어 버린 이분법적 정형화가 더욱 두드러진다고 할 수 있다.

스튜어트 홀이 주장한 스테레오타입의 특징은 삼국희 등장인물의 스테레오타입에 적용해도 크게 벗어나지 않는다. 삼국희 등장인물의 스테레오타입은 대부분 이항대립적으로 정형화되어 있다고 볼 수 있다. 여기에 경극 자체의 정형화[정식程式]되고 유형화된 특성14)의 가세는 인물의 정형화를 한층 더 강화시키는 결과를 낳았다고 볼 수 있다.

그렇다면 삼국희 등장인물의 스테레오타입의 이항대립적 양상의 기준은 무엇인가? 필자는 이에 대해 크게 두 가지로 압축하고자 한다. 하나는 해당인물이 유비집단인가 그렇지 않은가에 따라 관객들에게 긍정적인 혹은 부정적인 인물의 이미지를 제공한다. 두 번째로는 실제 역사적인 사실과 상관없이 극 중 중요도의 설정에 따라 등장하는 횟수로 중심인물인가, 주변인물인가를 구분한다. 따라서 본 절에서는 삼국희 공연을 통해 등장인물의 만들어진 이미지, 즉 스테레오타입의 유형을 다음과 같이 두 가지로 나누어 고찰해 보고자 한다.

(1) 긍정인물과 부정인물

삼국희 스토리 전개에 있어 대부분 공통적으로 갖는 기본 공식과 주요 갈등구조를 들여다보면, 유비집단과 비 유비집단과의 싸움이다. 이를 좀 더 확대해서 말하자면, 유비를 위시한 한나라의 정통성을 유지하고자 하는 집단과 이에 맞서는 집단이다. 모든 극은 전자를 충과 의를 표방하는 선善의 집단과 긍정적인 아군으로, 후자를 악惡의 무

---

14) 劉琦, 『京劇形式特徵』, 天津古籍出版社, 2003, 54~61쪽 참조.

리와 부정적인 적군으로 규정짓고 있다. 즉, 유비집단에 소속된 모든 인물은 각각 개성적인 개체이미지를 갖기보다는 집체적인 긍정인물에 자연스레 편입되고, 이에 속하지 않는 인물은 모두 집체적인 부정 인물로 떨어지게 된다. 그래서 일반 대중의 인식 속에 유비집단에 가까우면 가까울수록 긍정적인 이미지가 강한 인물이 되고, 이와 멀어지면 멀어질수록 부정적인 이미지가 강한 인물이 된다고 볼 수 있다. 이 두 집단을 대표하는 중심인물로 각각 유비와 조조를 꼽을 수 있다. 때문에 본고 2장 서두에서 인용했던 소식의『동파지림』「회고」'도항 소아청설삼국어塗巷小兒聽說三國語' 내용과 같은 상황이 벌어진 것이라 볼 수 있다.

삼국희 속에서는 물론 현대를 살아가는 일반인들에게 가장 이상적인 군주의 대명사로 불리는 유비는 그의 우유부단한 성격과 인간적 한계15)가 희석될 정도로 그 능력과 긍정적인 이미지가 확대 해석되었다. 또 실제 역사에 기술된 위, 촉, 오 삼국의 수장 가운데 유비의 역할과 비중이 다른 두 나라보다 상대적으로 낮다는 점을 감안한다면, 그의 이미지는 일반대중에게 매우 전면적이고 강하게 어필이 되고 있다.

반면, 조조는 유비와 완전히 다른 양상을 띠고 있다. 조조는 시대마다 삼국 관련 인물 가운데 가장 다양한 평가를 받고 있는 대상이 아닌가 싶다. 특히 최근 국가나 기업에서 리더의 능력과 역할에 대한 중요성이 부각되면서 조조에 대한 관심과 연구가 활발해지고 있다. 그러나 일반인에게 있어 조조는 카리스마 넘치는 냉철하고 지혜로운 리더의

---

15) 나채훈, 『조조와 유비의 난세 리더십』, 삼양미디어, 2004, 205~210쪽 참조.

이미지16)보다는 여전히 삼국희와 소설 『삼국지연의』 속의 간사하고 파렴치하며 비겁한 간웅의 이미지로 공고히 자리매김되고 있다.

삼국희에서 재창조된 유비와 조조는 공연이라는 현장성 때문에 관객에게 소설 속의 유비와 조조보다 선과 악, 감성과 이성을 놓고 고뇌하는 인간적이면서 입체적인 모습을 보여줄 기회가 줄어들어 긍정 아니면 부정이라는 평면적이고 일원화된 이미지로 도색한 인물이 되어 버렸다.

(2) 중심인물과 주변인물

정치적 이데올로기의 영향을 받아 촉 중심으로 서술된 삼국사가 민간의 삼국 관련 설화나 소설 혹은 희곡의 형태로 전승되면서 역사를 소재로 한 허구적 내용이 역사적 사실로 오인케 하는 결과를 낳기도 하였다.17) 대표적인 예로 제갈량과 관우에 관한 일화들이나.

제갈량과 관우는 한의 횡손 유비가 대업을 이루는 데 헌신했던 인물들로, 한의 정통성을 지키고 보존하는 데 가장 모범이 되는 역할 모델이라고 볼 수 있다. 이러한 역할 모델은 역성혁명을 원하지 않는 통치자나 혹은 능력과 인품을 갖춘 관리를 기대하는 민초들의 염원이 반영된 결과물이다. 때문에 이 두 인물은 삼국희 속에서 실제 역사상 삼국의 주인공인 조조, 유비, 손권 이상으로 부각되어 뚜렷한 이미지를 갖게 되었다. 필자는 제갈량과 관우가 주변인물에서 일약 중심인물로 변신하게 된 결정적인 이유로 후대인이 만든 두 인물의 스

---

16) 나채훈의 『카리스마리더 조조』(북폴리오, 2004), 리아오의 『조조의 윈윈경영』(고예지 옮김, 삼융출판사, 2006), 사마열인의 『조조의 면경』(홍윤기 옮김, 넥서스, 2004) 참조.

17) 이주현, 「제갈량과 사마의」, 『역사비평』, 역사비평사, 1998.5 참조.

테레오타입이라고 생각한
다. 이에 제갈량과 관우의
만들어진 스테레오타입에
대해 살펴보도록 한다.

제갈량의 스테레오타입
은 주로 인간적인 면에서
는 멸사봉공으로 표현되
는 성실함과 충성심, 미개
한 남만인까지도 감복시

〈그림 1〉 八卦衣를 입은
제갈량

〈그림 2〉 財神 관우 年畵

킨 인품과 덕망을 지닌 인물이며, 세상경영에 있어서는 탁월한 정치
가, 능란한 외교관, 천재적인 군사전략가, 하늘까지 감동시킨 신술神
術의 소유자[18) 등 완벽한 재상의 형상으로 재창조되었다. 이러한 제
갈량에 대한 평가와 이미지는 그의 행적에 비해 다소 과대포장되어
있지만, 그를 주변인물에서 중심인물로 등극시키기엔 충분했다.

관우의 대표적인 이미지는 충의忠義의 화신이다. 이후 세월이 지나
면서 관우는 민간에서 신으로 승격이 되어 재신財神 혹은 기복신앙의
대상으로 인신되었다. 현재 관우는 그가 죽은 이후 1800여 년 동안
소설이나 희곡뿐 아니라 동서양에 '관제문화권關帝文化圈'이 형성되
어 있을 정도로 다양한 모습을 하고 있는 중요한 인물이 되어 있다.
우리나라에서도 관우를 기리는 사당이 서울의 동묘東廟, 전주의 관우
묘關羽廟 등 여러 곳에 지어져 있다. 그러나 실제의 관우는 정사『삼
국지』에 실린 그의 행적이 너무나 미약하여, 그저 완고한 성격을 가

---

18) 이주현, 앞의 논문 참조.

진 평생 유비의 부하이며 제갈량의 명령을 받는 일개 무장에 불과했을 것으로 추측이 될 뿐이다.19) 이로 볼 때, 삼국희 속의 관우는 실제 사건의 확대 해석과 함께 허구적인 요소가 많이 가미되어 극 속 중심인물로 만들어졌을 가능성이 매우 높다.

경극 삼국희 등장인물은 긍정인물인가 부정인물인가, 그리고 중심인물인가 주변인물인가가 결정되면, 이에 따라 각색·사공오법四功五法20)의 연기·의상·분장·소도구 등은 유형별로 안배된다.

2. 스테레오타입의 시각적 재현

모든 공연예술은 재현예술이며, 재현의 직접성(immediacy)을 원칙으로 한다. 이런 직접성은 사건이 등장인물의 대화를 통해서 관객에게 직접 구현됨으로써 사건 진행시간과 사건 수용시간이 일치하는 현장성을 의미한다. 그래서 등장인물의 외적 모습은 서술되는 것이 아니라 직접 관객들의 눈으로 감지되며, 그의 말투는 어떤 매개체에 의해 설명되는 것이 아니라 직접적인 소리로 파악된다. 인물의 내면도 직접적인 대화나 독백, 외형적 동작, 얼굴표정을 통해서 표출된다. 또한 등장인물의 스테레오타입 역시 이와 같은 맥락으로 관객들에게 재현되고 있다. 그러나 때로는 연극에서도 극적 사건의 전개와 관객과의 직접적 관계가 지양되고 서사적 수단이 동원되는 경우가 있다. 이 점은 경극에서 두드러지는 특징이라 볼 수 있다.

---

19) 이마이즈미 준노스케 지음, 이만옥 옮김, 『관우』, 예담, 2002, 7쪽 참조.

20) 四功은 노래[唱], 대사[念], 동작[做], 무술[打]이며, 五法은 손, 눈, 몸, 걸음, 동작의 기본 연기기술을 말한다.

경극은 대사와 노래 등의 구술로 극의 서사를 이끌어 나감과 동시에 보여주기 방식으로도 극적 서사를 보충하고 있다. 검보 역시 그중 하나라고 볼 수 있다. 검보는 극의 모티프와 등장인물에 관한 모든 정보 등의 서사적인 요소를 수용하여 극적 기능을 보강하는 수단이기도 하다. 특히 검보는 극 서사를 이끌어 가는 주체인 등장인물의 성격, 신분, 나이, 특기, 성향, 심리상태, 주위 분위기 등을 바탕으로 형성된 스테레오타입을 관객들에게 재현하는 중요한 매체이기도 하다.

경극 배우들은 배역[각색항당脚色行當]이 크게 생生·단旦·정淨·축丑 네 유형으로 나뉘어 각 배역에 맞는 정형화된 사공오법四功五法의 몸짓연기, 의상, 얼굴화장, 소도구 등의 분장을 하게 된다. 그중 생과 단은 절제되고 정형화된 연기를 하며 가창을 위주로 극을 이끌어 나가는, 한눈에 주인공이라는 것을 알아볼 수 있도록 준수하고 깨끗하게 분장을 한다. 이에 반해 정과 축은 배역에 따라 다르지만, 대부분 몸짓연기를 주로 하는 주변인물로서 극 속에서 자신의 감정과 처해진 상황을 충분히 구술해 내지 못하는 보조적인 역할을 한다. 따라서 정과 축은 얼굴에 오랫동안 관객과의 모종의 약속을 통해 만들어진 시각적 상징기호로 몸짓연기로 표현하지 못한 자신의 모티프와 인물정보를 보충하고 있다. 일례로, 유비와 제갈량같이 생生에 해당되는 인물은 극 중 대사와 노래로 자신의 캐릭터를 충분히 표현해내기 때문에, 얼굴에 검보를 그리지 않고 소면화장을 하는 것이다. 따라서 본장에서는 검보에 삼국희 등장인물의 스테레오타입이 시각적으로 어떻게 표현되었는지를 살펴보고자 한다.

이상섭은 아리스토텔레스가 『시학』에서 말한 '재현'에 대해 다음과 같이 분석하고 있다.

시인은, 즉 모방 기술자가 만드는 것은 구체적인 사물이 아니라 사
람의 행동의 재현, 곧 플롯이다. 이 '생산품'은 정신으로만 파악될
수 있는 '물건'이다. 즉, 사람의 정신이 알아보고 정신의 어떤 필요
에 쓸 물건인 만큼 사람의 보편적인 인지 내지 지식과 관계가 있게
만든 것이다.21)

이 글의 요지는 바로 재현은 사람이 보편적인 지식과 인지할 수 있
는 범위 내에 이루어진다는 것이다. 검보에 표현된 등장인물의 스테
레오타입 역시 극을 감상하는 관객이 인지할 수 있는 보편적인 기호
와 상징질서 안에서 이루어졌다고 할 수 있다. 앞서 언급했던 '오랫
동안 관객과 형성해 놓은 모종의 약속'이 바로 검보에 나타난 등장인
물의 스테레오타입을 시각적으로 재현한 기본 원리인 것이다. 필자는
이 같은 기본 원리를 각 인물을 대표하는 주요색과 검보의 구도유형
構圖類型 그리고 상징아이콘(icon)으로 보고, 이를 바탕으로 시각적으
로 표현된 각 등장인물의 스테레오타입을 살펴보고자 한다. 본고의
기본 텍스트로 삼은 능상인물 52명의 81개 검보를 주요색과 구도유
형, 상징아이콘별로 나누어 분석해 보고자 한다.

먼저 삼국희에 등장하는 인물의 검보에 사용된 주요색과 상징하는
의미를 정리하면 다음과 같다.

① 자색: 뛰어난 지모와 강직한 인물을 상징한다.

  ex) 공수孔秀, 능통凌統, 방통龐統, 우금于禁, 위연魏延, 장합張郃,
  정보程普

② 홍색: 일편단심과 충성심, 용맹을 지닌 인물을 상징한다.

  ex) 강유姜維, 관우關羽, 문빙文聘, 사마가沙摩柯, 엄안嚴顔, 조홍

<hr>

21) 이상섭, 『아리스토텔레스의 시학연구』, 문학과 지성사, 2002, 173쪽.

曹洪, 한덕韓德, 황개黃盖

③ 흑색: 충직하고 고귀한 품격을 지니지만 지략이 모자라는 인물
을 상징한다.

ex) 곽회郭淮, 맹담孟譚, 맹획孟獲, 장비張飛, 장포張苞 주창周倉,
진기秦琪, 하후연夏候淵, 허저許褚

④ 녹색: 의협심이 강한 인물을 상징한다.

ex) 두습杜襲, 태사자太史慈, 하후덕夏候德

⑤ 남색: 강건하고 용맹스러운 인물을 상징한다.

ex) 여몽呂夢, 장흠蔣欽, 하후돈夏候惇, 하후란夏候蘭

⑥ 백색: 수백색(水白色)[22]은 간사하고 음흉한 가증스런 면모를 지
닌 인물을 상징한다.

ex) 조조曹操, 사마의司馬懿, 동탁董卓, 손권孫權
유백색(油白色)[23]은 제멋대로 막 되먹은 성격의 인물을 상징
한다.

ex) 등애鄧艾, 서조徐晁, 채양蔡陽, 마속馬謖, 관평關平, 조태周泰

⑦ 황색: 잔인하고 포악스러운 성격의 인물을 상징한다.

ex) 악진樂進, 전위典韋[24]

다음으로 검보의 구도유형에 대해 정리하면 다음과 같다.

① 정검整臉: 가장 보편적으로 볼 수 있는 검보로서, 배역이 비교적
큰 인물에 사용된다.

---

22) 백색 수성물감을 칠해 나온 색.
23) 백색 유성물감을 칠해 나온 색.
24) 趙夢林,『中國京劇臉譜』, 朝華出版社, 2005, 6~7쪽 참조.

ex) 관우關羽[홍점검紅整臉], 사마의司馬懿[수백정검水白整臉], 동탁董卓[수백정검水白整臉], 손권孫權[수백정검水白整臉], 조조曹操[수백정검水白整臉]

② 삼괴와검三塊瓦臉

、정삼괴와검正三塊瓦臉: 충성스럽고 용맹스러운 선비와 같은 긍정적인 인물에 사용된다.

ex) 공수孔秀[자삼괴와검紫三塊瓦臉], 정보程普[자삼괴와검紫三塊瓦臉], 능통凌統[자삼괴와검紫三塊瓦臉], 장합張郃[자삼괴와검紫三塊瓦臉], 강유姜維[홍삼괴와검紅三塊瓦臉], 조홍曹洪[홍삼괴와검紅三塊瓦臉], 한덕韓德[노홍삼괴와검老紅三塊瓦臉], 문빙文聘[노홍삼괴와검老紅三塊瓦臉], 관평關平[백삼괴와검白三塊瓦臉], 마속馬謖[유백삼괴와검油白三塊瓦臉]

、화삼괴와검花三塊瓦臉: 산적이나 용맹스러운 장수에게 사용된다.

ex) 우금于禁[자화감괴와검紫花三塊瓦臉], 하후란夏候蘭[남화삼괴와검藍花三塊瓦臉], 전위典韋[황화삼괴와검黃花三塊瓦臉]

、첨삼괴와검尖三塊瓦臉: 용맹스러운 장수에서 건달이나 악질 토호까지 비교적 다양한 인물에 사용된다.

ex) 장합張郃[자첨삼괴와검紫尖三塊瓦臉], 여몽呂夢[남첨삼괴와검藍尖三塊瓦臉], 장흠蔣欽[남첨삼괴와검藍尖三塊瓦臉], 하후돈夏候惇[남첨삼괴와검藍尖三塊瓦臉], 등애鄧艾[백첨삼괴와검白尖三塊瓦臉], 주태周泰[백첨삼괴와검白尖三塊瓦臉], 서조徐晃[백첨삼괴와검白尖三塊瓦臉], 채양蔡陽[백첨삼괴와검白尖三塊瓦臉]

③ 육분검六分臉: 공이 높고 충직한 노장에 사용된다.

ex) 황개黃盖[홍육분검紅六分臉], 엄안嚴顔[노홍육분검老紅六分臉]

④ 화검花臉

、화검花臉: 영웅과 무장으로 긍정적인 인물에 사용된다.

  ex) 두습杜襲[녹화검綠花臉], 태사자太史慈[녹화검綠花臉], 맹획孟
獲[흑화금검黑花金臉]

、십자문화검十字門花臉: 영웅과 무장으로 긍정적인 인물에 사용
된다.

  ex) 위연魏延[자십자문화검紫十字門花臉], 사마사司馬師[자십자문
화검紫十字門花臉], 장포張苞[흑십자문화검黑十字門花臉], 하
후연夏候淵[흑십자문화검黑十字門花臉], 장비張飛[흑십자문화
검黑十字門花臉, 흑십자문호접검黑十字門蝴蝶臉]

、쇄화검碎花臉: 성격이 거칠고 난폭한 무장과 산적에 사용되며,
긍정인물과 부정인물 모두에 사용된다.

  ex) 사마가沙摩柯[홍쇄화검紅碎花臉], 조홍曹洪[홍쇄화검紅碎花臉],
맹담孟譚[흑쇄화검黑碎花臉], 곽회郭淮[흑쇄화검黑碎花臉], 허
저許褚[흑쇄화검黑碎花臉], 　하후덕夏候德[녹쇄화검綠碎花臉],
태사자太史慈[녹쇄화검綠碎花臉], 악진樂進[황쇄화검黃碎花臉],
주창周倉[흑쇄화검黑碎蝴蝶臉]

⑤ 왜검歪臉: 오관이 바르지 않고, 생김새가 추한 인물에 사용된다.

  ex) 하후돈夏候惇[남쇄왜화검藍碎歪花臉], 하후연夏候淵[흑쇄왜화
검黑碎歪花臉], 진기秦琪[흑쇄왜화검黑碎歪花臉]

⑥ 축검丑臉: 희극적인 인물에 사용되며, 사용대상은 황제에서 사
환까지 다양하다.

  ex) 초병焦炳[문축검文丑臉], 모용렬慕容烈[문축검文丑臉], 장간蔣

干[문축검文丑臉], 탐자探子[무축검武丑臉]

⑦ 원보검元寶臉

、원보검: 신분이 높지 않은 무인이나 부장에 사용된다.

　ex) 기패旗牌[원보검元寶臉], 맹달孟達[원보검元寶臉]

、도원보검: 악당과 해학적인 단역에 사용된다.

　ex) 맹달孟達[도원보검倒元寶臉], 화흠華歆[도원보검倒元寶臉], 고
　　　화賈華[도원보검倒元寶臉]

、화원보검: 얼굴이 흉측하고 몸체가 기괴하고 성격이 난폭한 인
　물에 사용된다.

　ex) 주창周倉[화원보검花元寶臉, 와회화원보검瓦灰花元寶臉]

⑧ 도사검道士臉: 도사나 신술을 부리는 인물에 사용된다.

　ex) 방통龐統[자도사검紫道士臉]25)

<그림 3> 관우　　　<그림 4> 조조　　　<그림 5> 손권　　　<그림 6> 동탁

---

25) 趙夢林,『中國京劇臉譜』, 朝華出版社, 2005, 7~18쪽 참조.

검보의 주요색과 구도유형 외에 등장인물의 특징을 한눈에 알아
볼 수 있는 상징아이콘이 사용되는 검보도 있다. 초병焦炳, 모용렬慕
容烈, 장간蔣干, 탐자探子, 고화賈華 같은 인물들의 검보는 우스꽝스러
운 캐릭터를 나타내는 축검으로 얼굴에 네모난 두부모양의 아이콘이
그 특징을 상징하고 있다. 또 강유와 방통의 검보는 이마에 태극문양을

그려 음양오행에 밝고 책략에 능한 인물이라는 것을 표현하고 있다. 장비의 검보는 박쥐모양의 웃는 눈매와 이마의 나비문양으로 무장이긴 하지만 낙천적인 성격을 상징하고 있다.

검보는 색과 구도 및 상징아이콘으로 "복잡한 차이들을 하나의 단순한 골판지 컷 아웃으로 축소시킨 듯이"26) 등장인물의 특징적인 부분은 과장하고, 일반적인 부분은 축소하여 등장인물을 대표하는 이미지를 표현하고 있다. 검보의 인위적으로 만들어진 이미지 속에는 해당인물을 중심으로 하는 극 서사, 등장인물의 욕망, 사상, 갈등 등의 심리상태가 담겨 있어 관객이 이를 보면 한눈에 등장인물의 스테레오타입을 인지하고 공감하여 극에 대한 흥미를 유발시킨다.

그러나 위와 같이 색과 구도사용이 유형화되어 있긴 하지만, 극의 내용이 다양해지면서 등장인물의 상황 역시 유동적으로 변하기도 한다.

〈그림 19〉 하후연　　〈그림 20〉 하후연　　〈그림 21〉 태사자　　〈그림 22〉 태사자
[黑十字門花臉]　　[黑碎歪花臉]　　[綠花臉]　　[綠碎花臉]
[흑십자문화검]　　[흑쇄외화검]　　[녹화검]　　[녹쇄화검]

하후연의 검보를 예로 들어 보기로 한다. <그림 19>와 <그림 20>에 그려진 하후연의 검보는 동일인물이지만, 다른 형상을 하고 있다. <그

---

26) 주 11번 참조.

림 19>의 하후연은 「정군산」 앞부분에 나오는 젊고 기개 있는 조조의 장수로 등장할 때의 검보이며, <그림 20>의 하후연은 「정군산」 뒷부분에 등장하는 황개에게 패해 죽는 장면에서의 늙고 초라한 검보로 표현되었다. <그림 19>에는 주요색이 흑색이고, 보조색 흰색이 섞인 흑십자문화검黑十字門花臉으로 그려졌으며, <그림 20>에는 주요색이 흑색이고 보조색이 암홍색인 흑쇄외화검黑碎歪花臉으로 그려졌다.

이와 같이 검보는 다층적이고 복합적인 요소를 지닌 등장인물을 색과 구도유형 및 상징아이콘으로 인물이 갖는 가장 대표적인 이미지를 강조한 사회문화적 산물로, 작품의 극적 서사를 풍성하게 하는 데 기여한다고 볼 수 있다.

경극에서 극 전개를 진행하는 구체적인 방식을 구술성의 원리나 혹은 기록성의 원리만으로 분석한다면 그것의 특징을 완전히 이해할 수 없다고 본다. 왜냐하면 경극이라는 특수한 공연형태는 배우가 노래와 대사로 진술하는 구술적 기법으로 극적 생동감을 얻어내면서 동시에 검보라는 등장인물의 스테레오타입을 시각적으로 재현해 의미 확장을 얻어내는 방식으로도 극 서사성을 확보하고 있기 때문이다.

스테레오타입이란 특정인물에 대한 지속적으로 반복되는 고정관념을 말하는 것으로, 삼국 이야기에 등장하는 인물의 스테레오타입은 소설과 희곡 외에 21세기를 살아가는 현대인의 인식 속에서도 깊숙이 자리 잡고 있다.

필자는 이 같은 현상의 원인 중 하나로 스테레오타입이 형성되고 실현되는 방식이라고 보았다. 그리고 그것의 실현방식 가운데 공연예술이 이에 가장 큰 영향을 끼쳤을 것으로 보았다. 경극 삼국희 공연 양상을 살펴본 결과, 시간과 공간 및 경제적인 제약을 지닌 공연 자체의 현장성 혹은 직접성 때문에 대부분 일반 청중이 좋아하고 재미있어 하는 내용과 인물만을 집중적으로 다룬 절자희 형태로 공연이 이루어졌다. 따라서 상업성이 강한 공연예술은 주로 관객들이 원하는 특정인물과 내용으로 재창조되어 관객에게 빈도를 높여 다가가게 되었다.

이렇게 형성된 삼국희 등장인물의 스테레오타입은 이항대립적인 양상으로 드러난다. 크게 두 가지로 정리할 수 있는데, 하나는 유비진영인가의 여부에 따라 긍정인물과 부정인물로, 또 다른 하나는 극 속의 비중과 역할에 따라 중심인물과 주변인물로 구분이 되었다.

이 같은 삼국희 등장인물이 갖는 스테레오타입을 관객에게 전달하는 방법으로 대사와 노래 등 구술적인 것도 있지만, 경극에서는 얼굴 도면화장인 검보와 같은 보여주기 방식도 사용되고 있었다. 그러나 검보는 노래와 대사로 등장인물의 캐릭터를 충분히 알릴 수 있는 배역인 생生과 단旦의 얼굴화장에는 사용되지 않고, 주로 극 속에서 자신의 이미지를 드리낼 기회가 많지 않은 정淨과 축丑과 같은 주변인물에 사용되었다.

검보는 관객이 인지할 수 있는 보편적인 기호와 상징질서 안에서 등장인물의 스테레오타입을 시각적으로 정형화시켜 표현하고 있다. 그것의 시각적 재현방식은 오랫동안 관객과 소통하여 만들어 놓은 상징기호인 색, 구도유형, 상징아이콘 이 세 가지를 들 수 있었다.

이상의 논의를 통해, 시각적인 상징기호로 다양한 인간군상을 재현한 검보 속에는 가장 이상적인 인물상을 지향하는 중국인의 바람과 문화적 함의가 내재되어 있음을 알 수 있었다.

Ⅲ

봉신희封神戲 검보 아이콘 읽기

정유선

공연예술의 얼굴 분장은 배우가 공연을 위해 자신을 버리고 관객을 위해 극 속 등장인물로 변신을 시켜주기 위한 작업으로, 작품의 인물을 창조하는 외형의 시각적 여건을 갖추는 데 중요한 역할을 담당하고 있다. 이러한 작업은 배우가 맡은 극중 배역의 고유한 아우라를 시각적으로 발산하는 하나의 통로를 만드는 것이다. 따라서 얼굴 분장은 배우의 공연 역량을 극대화시키기 위해 공연에서 필수적이라 할 수 있다.[1)]

중국 전통극의 얼굴 분장 중 하나인 검보는 이와 같은 역할을 기본적으로 수행하면서 동시에 중국 전통극의 특수한 상황에 맞추어 몇 가지 역할을 더 수행하고 있다.

---

1) 류세자, 박민여, 「무대분장이 공연자의 심리상태 및 공연수행에 미치는 영향」, 『服飾』, 제55권 7호, 한국복식학회, 2005.

우선 검보는 등장인물의 얼굴 생김새를 분장을 하는 것 외에도 머리와 신체적 특징을 재현하기도 한다. 이러한 현상은 중국 전통극의 각색행당角色行當인 정正, 단旦, 정淨, 축丑 배역의 유형에 맞는 정형화된 분장형태에서 기인한 것으로 보인다. 때문에 중국 전통극 관련자는 기존 극의 유형화된 얼굴 분장의 틀에서 벗어나 머리와 신체 분장에 사용하는 장치나 소품을 정과 축의 검보에 시각적으로 재현하기도 한다.

둘째, 중국 전통극의 무대형태가 지니는 부족한 면을 대체하는 방법 가운데 하나로 배우의 얼굴분장에 지대한 영향을 미쳤을 것으로 본다. 이러한 현상이 나타나는 원인 중 하나가 바로 중국 전통극의 무대형태라고 볼 수 있다. 중국 전통극의 무대는 객석으로 튀어 나온 돌출무대로, 관객은 무대의 앞과 양옆에서 배우의 극 행위를 볼 수 있다. 삼면에서 무대를 보기 때문에 무대 위에는 사실적인 배경이나 도구를 쓸 수 없으며 작품 속의 세계에 따라 무대공간을 분할할 수도 없다.2) 따라서 필자는 바로 무대와 무대장치, 특수효과, 무대소품 등이 거의 갖추어져 있지 않아 이를 보완하거나 대체해서 검보에 표현하였을 것으로 본다.

셋째, 검보는 극의 모티프와 등장인물에 관한 모든 정보 등의 서사적인 요소를 수용하여 극적 기능을 보강하는 수단 가운데 하나이다. 이는 검보가 극 서사를 이끌어 가는 주체인 등장인물의 성격, 신분, 나이, 특기, 성향, 심리상태, 스테레오타입 등을 시각적으로 재현하여 관객들에게 전달하는 중요한 소통매체임을 의미한다. 전통극의 정과

---

2) 김학주 등 공저, 『중국공연예술』, 한국방송통신대학교출판부, 2002, 106~107쪽 참조.

축은 대부분 몸짓연기를 주로 하는 주변인물로서 극 속에서 자신의 감정과 처해진 상황을 충분히 구술해 내지 못하는 보조적인 역할을 하는 경우가 많다. 따라서 정과 축은 얼굴에 오랫동안 관객과의 모종의 약속을 통해 만들어진 시각적 상징기호로 대사, 노래, 몸짓연기로 표현하지 못한 배역의 모티프와 인물정보를 보충하고 있다.[3]

검보에서 사용되는 시각적 재현방법으로 크게 색과 구도 그리고 아이콘(icon)[4] 세 가지를 들 수 있다. 색과 구도는 주로 등장인물의 극 중 비중과 선악, 성격, 이에 대한 관객의 스테레오타입 등 극 서사를 진행하는 보조적인 수단으로 기능한다면, 아이콘은 상황에 따라 나타나는 등장인물의 머리와 신체 분장, 무대 배경, 소품, 극 분위기, 인물의 특기 및 생김새 등을 좀 더 폭넓으면서도 구체적으로 약속된 시각 기호로 관중에게 제공하고 있다.

따라서 본고에서는 위의 내용을 전제로 하여 전통극 가운데 다양한 형태의 아이콘이 그려져 있는 봉신희 검보에 재현된 아이콘의 대상을 파악하고, 어떠한 방식으로 재현되는지를 고찰하여 전통극 검보 아이콘의 생성과 구성 원리를 파악하고자 한다.

1. 아이콘의 재현대상

봉신희란, 소설 『봉신연희封神演義』를 제재로 하여 연출되는 모든 중국 전통극을 말한다. 이 극에 등장하는 인물의 검보에는 거의 빠짐없이 갖가지 모양의 아이콘이 그려져 있는데, 다른 극의 그것과 비교

---

3) 정유선, 「검보, 스테레오타입의 시각적 재현」, 『中國小說論叢』 29집, 2009.3.
4) 본 논문에서 말하는 이미지 아이콘은 圖像으로 표현된 아이콘을 의미한다.

해 볼 때 유난히 많은 것을 발견할 수 있다. 이러한 이유는 봉신희의 바탕이 되는 『봉신연의』내용과 밀접한 관계가 있다고 할 수 있다.

『봉신연의』는 명明 만력萬曆 연간에 출간된 100회본 장회소설로서, 작자는 명대 허중림許仲琳(1566년 전후)으로 전해진다.5) 이 소설은 원元 지치至治 연간 출간된『전상평화오종全相平話五種』중 하나인「무왕벌주평화武王伐紂平話」전체 상중하上中下 권卷 42회6)와『열국지전列國志傳』가운데 16개의 회7)를 저본으로 삼고 있다.『봉신연의』의 기본 골간이 되는「무왕벌주평화」상중하 권 42회와『열국지전』중 16개 회는 은殷나라 주왕紂王이 달기에 빠져 정사는 돌보지 않고 행실 또한 황음무도하여 백성을 도탄에 빠지게 하자, 강자아가 은의 제후였던 주周 무왕武王을 도와 주왕을 벌하고 주나라를 세운다는 내용을 주요 줄거리로 삼고 있다.

『봉신연의』는 전체 100회 가운데 28개 회8)에 걸쳐 위의 두 작품을

---

5) 『봉신연의』작자에 대해 일본 內閣文庫에서 소장하고 있는 밍 민력년간 각본의 '鍾山逸叟許仲琳編輯'이라는 서명에 근거한 허중림설과『曲海總目提要』권39의 '元時道士陸長庚所作'이라는 기록을 근거로 한 육서성이라는 설, 두 가지가 있으나 현재 대부분의 학자들은 허중림설을 따르고 있다. 曲曉紅의 「『封神演義』研究綜述」(『銅凌學院學報』, 20007年, 第5期)와 劉彦彦의 「論『封神演義』的作者」(『華北水利水電學院學報』, 2007年 5月) 참조.

6) 「무왕벌주평화」上卷: 第1回 湯王祝網, 第2回 紂王夢玉女授玉帶, 第3回 九尾狐換妲己神魂, 第4回 紂王納妲己, 第5回 寶劍驚妲己, 第6回 文王遇雷震子, 第7回 八伯諸侯修台閣, 第8回 西伯諫紂王, 第9回 西伯寶劍驚妲己 第10回 摘星樓推殺姜皇后, 第11回 酒池蝨盆, 第12回 炮烙銅柱, 第13回 太子金盞打妲己, 第14回 胡嵩劫法場救太子 第15回 殷交夢神賜破紂斧, 中卷 第16回 剔剝孕婦, 第17回 紂王斫脛, 第18回 皂鵰瓜妲己, 第19回 文王囚羑里城, 第20回 賜西伯子肉醬, 第21回 西伯吐子肉成兔子, 第22回 雷震破鼓三將, 第23回 紂王賜黃飛虎妻肉 第24回 太公捉黃飛虎, 第25回 飛廉費孟追太公, 第26回 比干射九尾狐狸, 第27回 剖比干之心, 第28回 剪箕子發 第29回 太公棄妻 第30回 文王夢飛熊, 下卷 第31回 文王求太公, 第32回 太公下山, 第33回 武王拜太公爲將, 第34回 南宮列殺費達, 第35回 離婁師曠戰高祁二將, 第36回 伯夷叔齊諫武王, 第37回 太公水滸五將, 第38回 太公破紂兵, 第39回 八伯諸侯會孟津, 第40回 太公燒荊索谷破鳥文晝, 第41回 烹費仲, 第42回 武王斬紂王妲己.

7) 『열국지전』第1回 周宣王聞謠輕殺 杜大夫化厲鳴冤, 第2回 褒人贖罪獻美女 幽王烽火戲諸侯, 第3回 犬戎主大鬧鎬京 周平王東遷洛邑, 第4回 秦文公郊天應夢 鄭庄公掘地見母, 第5回 寵虢公周鄭交質 助衛逆魯宋興兵, 第6回 衛石蜡大義滅親 鄭庄公假命伐宋, 第10回 楚熊通僭号稱王 鄭祭足被脅立庶, 第11回 宋庄公貪賂搏兵 鄭祭足殺婿逐主 第12回 衛宣公筑台納媳 高渠弥乘間易君, 第13回 魯桓公夫妇如齊 鄭子直君臣为戮, 第14回 衛侯朔抗王入国 齊襄公出猎遇鬼, 第15回 雍大夫計殺无知 魯庄公乾时大战, 第17回 宋国納賂诛长万 楚王杯酒虜息妫, 第18回 曹沫手剑劫齊侯 桓公举火爵宁戚, 第19回 擒傅瑕厲公复国 殺子頹惠王反正.

저본으로 삼아 기본 줄거리를 첨삭한 뒤 이를 다시 재구성하였다.9) 그 나머지 68개 회에서는 앞서 언급한 두 작품에는 없는 신선과 요괴 및 인간 간의 싸움을 내용으로 채우고 있다. 따라서 노신은 이 소설을 신마소설神魔小說로 분류하고 있다.10)

여기에서 『봉신연의』의 저본이 되고 있는 「무왕벌주평화」 상중하 권 42회와 『열국지전』 16개 회와 『봉신연의』의 서술 관점과 서술 방식에 주목할 필요가 있다. 이는 봉신희에 등장하는 인물과 그들의 검보에 재현된 아이콘의 대상과 밀접한 관계가 있기 때문이다.

첫째, 『봉신연의』에서는 앞서 두 작품의 무왕이 주왕을 벌하고 역성혁명에 대해 접근하는 입장이 근본적으로 다르다. 『봉신연의』에서 서술하고 있는 온 우주만상은 천계, 선계, 인간계로 나뉘어 있다. 선계는 당시 선인으로서 자질이 부족하고 출신성분이 미천한 절교截敎와 인간계에서 능력이 출중한 사람이 한데 뒤섞여 천오백여 년 동안 금지되어 지켜왔던 살계殺戒를 깨고 선계를 어지럽히고 있는 상황이었다. 선계를 지배하고 있는 선인仙人 집단 가운데 곤륜산을 기반으로 하는 천교闡敎는 천명을 받고 그들을 중심으로 어지러운 선계를 재편성하여 새로운 신계神界를 창설할 계획을 세운다. 그들은 선인들을 신으로 만들기 위해 그들의 목숨을 거두어야 하는데, 이를 위해

---

8) 『봉신연의』第1回 纣王女娲宫进香, 第3回 姬昌解围进妲己 第4回 恩州驿狐狸死妲己, 第5回 云中子进剑除妖, 第6回 纣王无道造炮烙, 第7回 费仲计废姜皇后, 第8回 方弼方相反朝歌, 第9回 商容九间殿死节, 第10回 姬伯燕山收雷震, 第11回 里城囚西伯侯, 第17回 苏妲己置造虿盆, 第18回 子牙谏主隐溪, 第19回 伯邑考进贡赎罪, 第22回 西伯侯文王吐子, 第23回 文王夜梦飞熊兆, 第24回 渭水文王聘子牙, 第25回 苏妲己请妖赴宴, 第26回 妲己设计害比干, 第28回 西伯兵伐崇侯虎, 第29回 斩侯虎文王托孤, 第39回 姜子牙冰冻岐山, 第68回 首阳山夷齐阻兵, 第88回 武王白鱼跳龙舟, 第89回 纣王敲骨剖孕妇, 第90回 子牙捉神茶郁垒, 第91回 蟠龙岭烧邬文化, 第96回 子牙发柬擒妲己, 第97回 摘星楼纣王自焚.

9) 褚殷超의 「『封神演義』傳播研究」(山東大學 碩士學位論文, 2006.5)와 이은영의 「『封神演義』의 成書過程에 영향을 준 또 하나의 작품『列國志傳』」(『中國小說論叢』 26집, 2007.9) 참조.

10) 루쉰 저, 조관희 역주, 『중국소설사』, 소명출판, 2004, 403~439쪽 참조.

인간세상에서 앞으로 일어날 은과 주의 역성혁명시기를 자연스럽게 이용하여 억지로 무리수를 두지 않고 은나라와 주나라 두 편으로 나뉘어 싸우는 전투에서 절교의 선인과 인간의 목숨을 거두어들여 일을 추진한다. 이를 테면, 천계의 우주 재편 계획의 계기가 되는 사건이 바로 은주역성혁명으로, 천계의 작업은 모두 은에서 주로의 역성혁명시기에 맞추어 계획된 것이고, 이것이 바로 천명이었다.『봉신연의』의 본문 가운데 운중자와 태을진인의 이야기에서 이를 잘 알 수 있다. 다음의 두 예문을 살펴보자.

> 이때 운중자는 아직 종남산으로 돌아가지 않고 여전히 은나라 수도 조가朝歌에 머물고 있었는데, 갑자기 요사스런 빛이 다시 일어나 궁궐을 가득 비추는 것을 보았다. 운중자는 고개를 끄덕이며 탄식하며 말했다. "나는 다만 이 검으로 요사스런 기운을 눌러 없애고 성왕과 탕왕의 병맥을 조금이나마 늘이려고 했는데, 대세가 이미 기울어 내 이 검이 불태워 없어질 줄 누가 알았겠는가. 첫째는 성탕의 기업이 모두 면망할 것이고, 둘째는 주나라 왕실이 일어날 것이며, 셋째는 신선이 큰 환란을 당할 것이고, 넷째는 상사아가 인간세상에서 부귀를 누릴 것이고, 다섯째는 여러 신들이 봉호를 받으려고 할 것이다."11)

> 태을진인이 말했다. "석기! 그대는 그대의 도덕이 깨끗하고 높다고 말하고 있지만 그대는 절교截敎고 나는 천교闡敎라네. 우리들이 천오백 년 만에 살계를 범했기 때문에 인간세상에 내려와 정벌과 주살로 이러한 액운을 이루게 되었다네. 지금 성왕과 탕왕이 일으킨 왕업이 모두 쇄멸하고 주나라가 흥성하려 하니 옥허궁에서 봉신하고 인간세상의 부귀를 누리려는 것이네. 삼교에서 봉신방에 이름을 올릴 때 나의 스승이 나에게 제자들을 가르쳐 인간세상에 탄생시

---

11) "且说此时雲中子尚不曾回终南山, 还在朝歌, 忽见妖光复起, 冲照宫闕。雲中子点首叹曰: "我只欲以此剑镇减妖氛, 稍延成汤脉络, 孰知大数已定, 将我此剑焚毁。一则是成汤合灭, 二则是周室当兴, 三则神仙遭逢大劫, 四则姜子牙合受人间富贵, 五则有诸神欲讨封号。"(『봉신연의』 제6회)

켜 명군을 보좌하라 하셨네. 나타는 바로 영주자로 세상에 내려가 강자아를 보좌하여 성탕의 은나라를 멸망시킬 것이네. 그러니 원시천존의 명으로 그대의 제자를 죽인 것이니, 이것은 바로 천수라네. 그대는 삼라만상을 안고 어찌 승천의 늦고 빠름을 말하고 있는가? 그대 같은 무리들은 모든 근심걱정과 영욕을 버리고서 수도에 정진해야 옳거늘 어찌 경거망동하여 스스로 고귀한 도를 손상시키려 하는가?" 석기는 화가 머리끝까지 나서 참지 못하고 소리쳤다. "도는 똑같이 한 가지의 이치인데 어찌 높고 낮음이 있단 말인가?" 태을진인이 말했다. "도가 비록 이치가 하나라 하더라도 그 도를 펴는 바에 따라서 각기 달라지는 것일세……." …… 석기는 대노하여 보검을 들어 태을진인의 얼굴을 향해 내리쳤다. 태을진인은 몸을 빼며 뒤로 물러나 동굴 안으로 들어갔다. 그런 다음 손에는 칼을 집어 들고 어떤 물건 하나를 몰래 담더니 동쪽 곤륜산을 향해 절을 올렸다. "제가 지금 이 산에서 살계를 열겠나이다." 태을진인은 일어서서 동굴을 나와 석기를 가리키며 말했다. "그대는 근본이 천박하여 도를 행함에 있어 견실히 보전키도 어려운데 어찌 감히 내 건원산에서 제멋대로 날뛰는가?" 석기는 또 한 차례 검을 휘둘렀으나, 태을진인은 검으로 석기의 검을 막았다. 석기는 원래 일개 돌의 정령으로 하늘과 땅의 영기와 해와 달의 빛을 받아 수천 년간 도를 닦았으나 아직 올바른 깨우침을 얻지 못하고 있었다. 이제 큰 액운을 만나 자신을 보존치 못했기 때문에 이 산에 이르게 된 것이다. 첫째는 석기의 운명이 다한 것이요, 둘째는 나타가 이곳에서 몸을 드러낼 차례가 되었기 때문이다. 그의 천수가 이미 정해 졌거늘 어찌 그 운명을 피할 수 있겠는가?12)

---

12) "话说太乙真人曰: "石矶！你说你的道德清高, 你乃截教, 我乃阐教, 因吾辈一千五百年不曾斩却叁尸, 犯了杀戒, 故此降生人间, 有征诛杀伐, 以完此劫数。今成汤合灭, 周室当兴, 玉虚封神应享人间富贵：当时叁教金押封神榜, 吾师命我教下徒众降生出世, 辅佐明君。哪吒乃灵珠子下世, 辅姜子牙而灭成汤, 奉的是元始掌教符命, 就伤了你的徒弟, 乃是天数。你怎言包罗万象, 迟早飞升？似你等无忧无虑, 无荣无辱, 正好修持, 何故轻动无名, 自伤雅教？"石矶娘娘忍不住心头火, 喝曰: "道同一理, 怎见高低？"太乙真人曰: "道虽一理, 各有所陈。……" …… 石矶娘娘大怒, 手执宝剑, 望真人劈面砍来：太乙真人让过, 抽身复入洞中, 取剑执在手上, 暗袋一物, 望昆仑东山下拜: "弟子今在此山开了杀戒。" 拜罢, 出洞指石矶曰: "你根源浅薄, 道行难坚, 怎敢在我乾元山自恃凶暴？"石矶又一剑砍来, 太乙真人用剑架住, 口称: "善哉！"石矶乃一顽石成精, 采天地灵气, 受日月精华, 得道数千年, 尚未成正果。今逢大劫, 本像难存, 故到此山：一则石矶数尽, 二则哪吒该在此处出身, 天数已定, 怎能逃躲？"(『봉신연의』 제13회)

천계는 선계와 인간계를 오가며 우주 재편작업을 수행할 주요 인물로 강자아를 선택한다. 강자아는 천계의 명으로 곤륜산에서 40년 동안 수행한 뒤 인간계로 내려와 주 무왕을 도와 주나라를 세우는 과정에서 온 세상의 신선, 요괴, 도사, 무인들을 끌어들여 신계 창설에 맞추어 목숨을 거두어 들이고 신으로 봉하는 역할을 한다. 은주역성혁명의 주역 강자아는 단순히 황음무도하고 실정을 일삼는 주왕을 벌하여 도탄에 빠진 백성을 구해 유토피아를 꿈꿀 수 있는 새로운 국가인 주나라를 세우고자 했던 것만은 아니었다. 아래의 문장을 보면 잘 알 수 있다.

곤륜산 옥허궁에서 천교의 도법을 관장하고 있던 원시천존은 문하의 열두 제자가 세속의 재앙을 범하여 그 벌이 자신에게 이르자 궁문을 닫이 걸고 도법 전수를 중단하였다. 또한 호천상제는 신선의 우두머리 열두 사람에게 칭신케 하였다. 따라서 천교, 설교, 인도 삼교가 나란히 담론을 벌여 모두 삼백육십오 분을 신으로 올리고 다시 팔부로 나누어 편성하였다. 상사부는 뇌雷·화火·온溫·두斗이며, 하사부는 성숙星宿·산악山岳·우운雨雲·선악지신善惡之神이었다. 당시는 성탕의 천하가 멸망하고 주실이 흥성하려는 때였으며, 신선이 계율을 어기고 원시천존이 신을 봉하고, 강자아가 장상의 복을 누리게 된 것이 공교롭게도 그의 천수와 맞아 떨어졌으니 결코 우연이 아니었다. 그래서 오백 년이면 왕으로 추대되는 자가 있고, 그 무리 속에는 반드시 세상에 이름을 떨치는 자가 있게 된다는 말은 바로 이 때문이다.13)

---

13) "话说昆仑山玉虚宫拿阐教道法元始天尊, 因门下十二弟子犯了红尘之厄, 杀罚临身, 故此闭宫止讲。又因昊天上帝命仙首十二称臣, 故此叁教并谈, 乃阐教、截教、人道叁等, 共编成叁百六十五位成神；又分八部, 上四部雷火瘟斗, 下四部群星列宿, 叁山五岳, 步雨兴云, 善恶之神。此时成汤合灭, 周室当兴, 又逢神仙犯戒, 元始封神；姜子牙享将相之福, 恰逢其数, 非是偶然。所以五百年有王者起, 其间必有名世者, 正此之故。"(『봉신연의』 제15회)

따라서 이 소설에 등장하는 400여 명에 이르는 인물 가운데 365명
이 목숨을 잃게 되고, 그들의 혼백은 모두 봉신대로 날아가 신으로
봉해진다. 신으로 봉해진 등장인물 365명의 이름은 아래와 같다.

백감柏鑑, 황천화黃天化, 황비호黃飛虎, 장웅蔣雄, 문빙聞聘, 숭흑
호崇黑虎, 최영崔英, 문중聞仲, 등천군鄧天君, 신천군辛天君, 장천
군張天君, 방천군龐天君, 류천군劉天君, 구천군苟天君, 필천군畢天
君, 진천군秦天君, 조천군趙天君, 동천군董天君, 원천군袁天君, 백
천군柏天君, 왕천군王天君, 요천군姚天君, 장천군張天君, 손천군孫
天君, 도천군陶天君, 길천군吉天君, 여천군余天君, 이천군李天君,
금천군金天君, 황천군黃天君, 함지선菌芝仙, 김광성모金光聖母, 라
선羅宣, 류환劉環, 주오朱晤, 고진高震, 방귀方貴, 왕교王蛟, 여악呂
岳, 주신周信, 주천인朱天麟, 이기李奇, 양문휘楊文輝, 진경陳庚, 김
령성모金靈聖母, 희백읍고姬伯邑考, 소호蘇護, 희숙명姬叔明, 금규
金奎, 조병趙丙, 황천록黃天祿, 용환龍環, 손자우孫子羽, 호운붕胡
雲鵬, 호승胡昇, 로인걸魯仁傑, 조뢰晁雷, 희숙승姬叔昇, 주기周紀,
호뢰胡雷, 고귀高貴, 여성余成, 손보孫寶, 뢰곤雷鵾, 황천상黃天祥,
비간比干, 두영竇榮, 한승韓昇, 한변韓變, 소전충蘇全忠, 악순鄂順,
곽신郭宸, 동충董忠, 서개徐蓋, 황후강씨皇后姜氏, 등구공鄧九公,
은성수殷成秀, 마방馬方, 서곤徐坤, 장산張山, 뢰붕雷鵬, 상용商容,
희숙건姬叔乾, 홍금洪錦, 용길공주龍吉公主, 주왕紂王, 매백梅伯,
하초夏招, 조계趙啟, 무성왕황비호부인가씨賈氏, 소진蕭臻, 등화鄧
華, 여원余元, 화령성모火靈聖母, 토행손土行孫, 등선옥鄧嬋玉, 두
원선杜元銑, 오문화鄔文化, 교격膠鬲, 황비표黃飛彪, 철지부인徹地
夫人, 강환초姜桓楚, 악숭우鄂崇禹, 황비표黃飛豹, 정책丁策, 이금
李錦, 전보錢保, 귀비황씨貴妃黃氏, 희숙덕姬叔德, 황명黃明, 뢰개
雷開, 위분魏賁, 오겸吳謙, 장계방張桂芳, 풍림風林, 비중費仲, 우혼
尤渾, 팽준彭遵, 왕표王豹, 희숙곤姬叔坤, 숭후호崇侯虎, 은파패殷
破敗, 용안길龍安吉, 태란太鸞, 등수鄧秀, 조승趙升, 손염홍孫焰紅,
방의진方義真, 여화余化, 계강季康, 왕좌王佐, 장봉張鳳, 변금용卞
金龍, 백현충柏顯忠, 정장鄭椿, 변길卞吉, 진경陳庚, 서방徐芳, 조전
晁田, 희숙의姬叔義, 마충馬忠, 구휘순歐諱淳, 왕호王虎, 석기낭낭石
磯娘娘, 진계정陳季貞, 서충徐忠, 요충姚忠, 진오陳梧, 고계능高繼
能, 장규張奎, 은홍殷洪, 여충余忠, 구양천록歐陽天祿, 진동陳桐, 희

숙길姫叔吉, 매무梅武 오병敖丙, 주신周信, 황원제黃元濟, 고난영高蘭英, 태공망부인마씨馬氏, 이량李良, 한영韓榮, 임선林善, 용수호龍鬚虎, 살견撒堅, 살강撒強, 살용撒勇, 금성金成, 마성용馬成龍, 공손탁公孫鐸, 원홍袁洪, 손합孫合, 매덕梅德, 귀비양씨貴妃楊氏, 무영武榮, 주승朱昇, 김대승金大升, 대례戴禮, 희숙례姫叔禮, 주자진朱子真, 양현楊顯, 요서량姚庶良, 상호常昊, 방경원房景元, 팽조수彭祖壽, 오룡吳龍, 백림柏林, 양신楊信, 이웅李雄, 침경沈庚, 이홍李泓, 조백고趙白高, 장웅張雄, 이도통李道通, 정원鄭元, 송경宋庚, 오곤吳坤, 고병高丙, 여능呂能, 황창黃倉, 주보周寶, 요공백姚公伯, 김승양金繩陽, 후태을侯太乙, 소원蘇元, 설정薛定, 고연高衍, 황진黃真, 노창蘆昌, 기병紀丙, 요공효姚公孝, 시회施檜, 손을孫乙, 이표李豹, 주의朱義, 진감陳坎, 여선黎仙, 방보方保, 첨수詹秀, 이홍인李洪仁, 왕용무王龍茂, 등옥鄧玉, 이신李新, 서정도徐正道, 전통典通, 오욱吳旭, 여자성呂自成, 임래빙任來聘, 공청龔清, 단백초單百招, 고가高可, 척성戚成, 왕호王虎, 복동卜同, 요공姚公, 당천정唐天正, 신예申禮, 문걸聞傑, 장지웅張智雄, 필덕畢德, 류달劉達, 정삼익程三益, 진계진陳繼真, 황경원黃景元, 가성賈成, 호백안呼百顏, 노수덕魯修德, 수성須成, 손상孫祥, 왕평王平, 백유환柏有患, 혁고革高, 고격考鬲, 이수李燧, 류형劉衡, 하상夏祥, 여혜餘患, 포용鮑龍, 노지魯芝, 황병경黃丙慶, 장기張奇, 곽사郭巳, 김남도金南道, 진원陳元, 차곤車坤, 상성도桑成道, 주성周庚, 제공齊公, 곽지원霍之元, 엽중葉中, 고종顧宗, 이창李昌, 방길方吉, 서길徐吉, 번환樊煥, 탁공卓公, 공성孔成, 요금수姚金秀, 영삼익甯三益, 여지餘知, 동정童貞, 원정상袁鼎相, 왕상汪祥, 경안耿顏, 형삼란邢三鸞, 강충薑忠, 공천조孔天兆, 이약李躍, 공천龔倩, 단청段清, 문도정門道正, 조림祖林, 소전蕭電, 오사옥吳四玉, 광옥匡玉, 채공蔡公, 남호藍虎, 송록宋祿, 관빈關斌, 용성龍成, 황오黃烏, 공도령孔道靈, 장환張煥, 이신李信, 서산徐山, 갈방葛方, 초용焦龍, 진상秦祥, 무연공武衍公, 범빈範斌, 엽경창葉景昌, 요엽姚燁, 손길孫吉, 진몽경陳夢庚, 숭응표崇應彪, 고계평高系平, 한붕韓鵬, 이제李濟, 왕봉王封, 유금劉禁, 왕저王儲, 팽구원彭九元, 이삼익李三益, 호도원胡道元, 양임楊任, 은교殷郊, 손보孫寶, 방길청方吉清, 양진楊真, 노웅魯雄, 온양溫良, 교곤喬坤, 한독용韓毒龍, 설악호薛惡虎, 방필方弼, 방상方相, 이병李丙, 황승을黃承乙, 주등周登, 류홍劉洪, 왕마王魔, 양삼楊森, 고우건高友乾, 이흥패李興霸, 조공명趙公明, 소승蕭昇, 조보曹寶, 진구공陳九公, 요소사姚少司, 마례청魔禮青, 마례홍魔禮紅, 마례해魔禮海, 마례수魔禮

壽, 정륜鄭倫, 진기陳奇, 여화룡余化龍, 여화룡부인김씨金氏, 여달
余達, 여조余兆, 여덕余德, 여광余光, 여선余先, 운소낭낭雲霄娘娘,
경소낭낭瓊霄娘娘, 벽소낭낭碧霄娘娘, 비렴飛廉, 악래惡來

둘째, 『봉신연의』에서의 전투는 『삼국연의』와 같은 강사소설에서
상용되는 군사적 전술이나 지략을 이용한 그것과 달리, 각각의 등장
인물이 지니고 있는 법력 정도에 따라 비밀무기인 보배寶貝의 위력으
로 결정되어 지고 그 보패를 가지고 상대와 승패를 겨룬다. 임진林辰
은 『중국신괴소설사中國神怪小說史』에서 『봉신연의』를 후대 중국 신
괴소설에 지대한 영향을 끼친 '三奇'를 만들어냈다고 높이 평가하였
다. 그가 말하는 삼기는 바로 기이한 형태와 기능을 지닌 인물의 창
조, 기이한 무기의 발명, 기묘한 법보와 법술로 승부를 가르는 전투와
진법을 이른다.14) 『봉신연의』에 등장하는 대표적인 삼기를 정리하면
다음과 같다.

   ① 보패寶貝: 건곤척乾坤尺, 금교전金蛟剪, 번천인番天印, 건곤권乾
坤圈, 정해주定海珠, 항마저降魔杵, 비도飛刀, 오구검吳鉤劍, 낙보
금전落寶金錢, 음양경陰陽鏡, 조요감照妖鑑, 만리기운연萬里起雲
煙, 오화신염선五火神焰扇, 함담진菡萏陣, 벽면뢰劈面雷, 뇌공편雷
公鞭, 두통경頭痛磬, 장중목掌中目, 황풍모荒風旄, 흡혼사吸魂砂,
태극도太極圖, 풍대風袋, 화혈사化血砂, 정풍주定風珠, 팔괘자수선
의八卦紫壽仙衣, 곤선승綑仙繩, 해살삼解煞衫, 삼매진화三昧眞火,
독두毒痘, 산온편散瘟鞭, 백광白光, 황기黃氣, 흡혼연吸魂烟, 풍화
륜風火輪, 향화둔香火遁 토둔土遁, 흑점호黑點虎, 일각오미수一角
五尾獸 등
   ② 특수기능인: 뇌진자雷震子, 황건역사黃巾力士, 나타哪吒 등
   ③ 십절진十絕陳: 천절진天絕陳, 지열진地熱陳, 풍후진진風喉陳陳,
한빙진寒氷陳, 김광진金光陳, 화혈진火血陳, 열염진熱焰陳, 낙혼진

---

14) 林辰, 『中國神怪小說史』, 浙江古籍出版社, 1998, 309쪽 참조.

落魂陳, 홍사진紅砂陳, 홍수진紅水陳

안능무는『봉신연의』에 나오는 보패로 인해 이 소설을 세계최초의 SF소설이라고도 할 수 있다고 하며,『봉신연의』에 등장하는 비밀무기인 보패를 현대식으로 해석했다. 예를 들면, 건곤척乾坤尺, 금교전金蛟剪, 번천인番天印, 건곤권乾坤圈, 정해주定海珠, 항마저降魔杵, 비도飛刀, 오구검吳鉤劍는 하늘로 날아올라가 적을 공격하는 유도무기로, 낙보금전落寶金錢은 미사일을 떨어뜨리는 대항미사일로, 음양경陰陽鏡은 살인광선기로, 조요감照妖鑑은 X선 투시기로, 만리기운연萬里起雲煙은 로켓탄으로, 풍화륜風火輪은 로켓추진차로, 오화신염선五火神焰扇은 원자화염방사기로, 함담진菡萏陣은 기뢰로, 벽면뢰劈面雷와 뇌공편雷公鞭은 수류탄으로, 두통경頭痛磬은 신경착란 음향기로, 독두毒痘는 세균폭탄로, 산온편散瘟鞭은 세균무기로, 황건역사黃巾力士는 만능로봇으로, 나타哪吒는 인조인간로, 백광白光과 황기黃氣는 최면가스로, 흡혼연吸魂烟은 신경가스로, 장중목掌中目은 지하탐색 가능한 고성능 레이더 등으로 보았다.15)

위에 열거한 여러 가지 화기火器과 세균을 이용한 무기 등16)은『봉신연의』줄거리의 저본이 되는「무왕벌주평화」와「열국지전」에서는 보이지 않는 것으로 아마도『봉신연의』의 작가가 집필 당시인 명대에 제조되었던 화약무기와 세균무기17)에 작가의 상상력을 보태서 만들어진 창조물일 것으로 추측된다.

---

15) 안능무 평역, 이정환 옮김,『봉신연의』1, 301~303쪽 참조.

16) 姚少寶,「『封神演義』中的火門武器」,『新聞世界』, 2007.8.

17) 로버트 템플의『그림으로 보는 중국의 과학과 문명』(과학세대 역, 까치, 1993, 367~425쪽)와 치엔 웨이챵의『중국역사 속의 과학발명』(오일환 편역, 전파과학사, 1998 139~143쪽) 참조.

따라서 봉신희 레퍼토리 공연 역시 은나라와 주나라의 교체 스토리 전개를 중심으로 하는 극보다 전쟁을 제재로 현란한 전투장면을 연출할 수 있는 내용의 극이 많은 부분을 차지하고 있으며18), 이 극 연출의 가장 관건이 되는 모티프는 바로 등장인물이 지니고 있는 보패와 보패의 대결구도라고 할 수 있다. 이러한 점은 소설『봉신연의』는 물론 희곡으로 편극 되어서도 많은 사람들에게 오랫동안 환영받고 인기를 끌었던 중요한 요인 중의 하나라고 볼 수 있다. 청대淸代 조익趙翼은 『첨폭잡기檐曝雜記』에서 청 건륭제 생일 축하연에서 봉신희가 대규모로 성황리에 공연되는 상황을 설명하고 있다.

> 어떤 때는 신선과 귀신이 모두 모이면 그 가면이 십만 개가 되는데, 모양이 같은 것이 하나도 없다. 신선이 등장하려면 먼저 열두세 살짜리 도동道童들이 줄을 지어 등장하고, 각각 수십 명씩의 열다섯, 여섯, 일곱, 여덟 살짜리들의 행렬이 이어지는데 한 치의 차이도 나지 않고 길이가 똑같다. 이를 보면 다른 것을 알 수 있다. 또 육십갑자六十甲子로 분장한 수성壽星 육십 명은 나중에 백이십 명으로 늘어난다.19)

앞에서 논의한 『봉신연의』의 은주역성혁명에 대한 관점과 서사전개는 봉신희 검보에 재현된 아이콘에 그대로 적용된다. 필자는 본 연구를 위해 2005년 중국中國 조화출판사朝華出版社에서 출판된 조몽림趙夢林의 『중국경극검보中國京劇臉譜』에 수록된 16편의 봉신희 작품 속에 등장하는 인물 36명의 검보 38개를 기본 텍스트로 삼았다. 이를 정리하면 다음과 같다.

---

18) 『京劇文化詞典』(黃鈞 主編, 漢語大詞典出版社, 2001)에 수록되어 있는 봉신희는 모두 편으로 대부분 각 요지의 전투를 주요 내용으로 한다.

19) "有時神怪畢集, 面具千百, 無一相肯者. 神仙將出, 先有道童十二, 三歲者作隊出場, 繼有十五, 六歲, 十七, 八歲者, 每隊各數十人, 長短一律, 無分寸參差, 舉此則其他可知也. 又按六十甲子扮壽星六十人, 後增至一百二十人."(趙翼, 『檐曝雜記』, 中華書局, 1982, 11쪽)

「가몽관佳夢關」의 마례청魔禮靑, 마례홍魔禮紅, 마례해魔禮海, 마례수魔禮壽, 「건원산乾元山」의 태을진인太乙眞人, 「공동관功潼關」의 룡수호龍須虎, 「대회조大回朝」의 문중聞中, 「만선진萬仙鎭」의 황룡진인黃龍眞人, 「매화령梅花岭」의 고각高覺, 고명高明, 청사靑蛇, 백양정白羊精, 주자정朱子貞, 「반오관反五關」의 여화余化, 황명黃明, 주기周紀, 황천화黃天化, 「백자도百子圖」의 뇌진자雷震子, 「삼산관三山關」의 토행손土行孫, 「십절진十絶陣」의 조보曹寶, 「위수하渭水河」의 강상姜尙, 남궁적南宮適, 「진달기進妲己」의 숭후호崇侯虎, 숭흑호崇黑虎, 「진당관陳塘關」의 오병敖丙, 「천운관穿云關」의 양임楊任, 「청룡관靑龍關」의 정윤鄭倫, 진기陳奇, 구인邱引, 「황하진黃河陣」의 소승蕭升, 진구공陳九公, 요소사姚少司)20), 「료천궁鬧天宮」의 양전楊戩, 「보련등寶蓮燈」의 효천견哮天犬, 「도선초盜仙草」의 록동鹿童, 학동鶴童21)

앞에 열거된 등장인물 가운데 마지막 4명인 양전楊戩, 효천견哮天犬, 록동鹿童, 학동鶴童은 본고에서 기본 텍스트로 삼고 있는 조몽림의 『중국경극검보』 도록에 봉신희로 분류되어 있지 않고 다른 내용의 작품이 「료천궁鬧天宮」, 「보련등寶蓮燈」, 「도선초盜仙草」22)에 편입

---

20) 魔禮靑(281번), 魔禮紅(282번), 魔禮海(283번), 魔禮壽(284번), 太乙眞人(270번), 龍須虎(291번), 聞中(5번), 黃龍眞人(292번), 高覺(279번), 高明(280번), 靑蛇(562번), 白羊精(564번), 朱子貞(568번), 余化(286번), 黃明(287번), 周紀(288번), 黃天化(290번), 雷震子(12번), 土行孫(4번), 曹寶(294번), 姜尙(6번), 南宮適(324번), 崇侯虎(7번), 崇黑虎(8번), 敖丙(278번), 楊任(285번), 鄭倫(1번), 陳奇(3번), 邱引(289번), 蕭升(293번), 陳九公(295번), 姚少司(296번).

21) 楊戩(『중국경극검보』, 23쪽 그림), 哮天犬(266번, 567번), 鹿童(271번), 鶴童(272번).

22) 위의 세 극의 내용은 다음과 같다. 「鬧天宮」은 『서유기』 5회와 6회의 내용이다. 옥황상제가 손오공에게 천궁의 관작인 제천대성을 제수하고 복숭아밭을 관리하도록 명한다. 손오공은 정원의 선도를 마음대로 먹는다. 그러자 시왕모는 손오공만 빼고 모든 신선을 초청하여 반도연을 베푼다. 이에 화가 난 손오공은 반도와 어주를 훔치고 천궁을 어지럽히고 금단을 훔쳐 먹고 화과산으로 돌아와 버린다. 옥황상제는 분노하여 이천왕 양전에게 십만의 신병을 거느리고 손오공을 잡아오라고 명한다. 손오공은 군대를 일으켜 신병을 크게 무찌른다. 「寶蓮燈」은 그 줄거리가 설창문학에서 전해져 내려와 남희 「劉錫沉香太子」와 북잡극 「沉香太子劈華山」 등의 송원희곡에 흡수되었으나, 현재는 모두 실전되었다. 화산성모는 선계의 적막함을 참지 못하고 서생 유언창과 결혼한다. 성모의 오빠 이랑신 양전은 여동생이 하늘의 법을 파기하자 성모의 화산을 진압하려고 한다. 이후 성모는 유언창과의 사이에서 아들 침향을 낳아 기른다. 유언창은 과거에 장원으로 급제하여 왕계영을 첩으로 얻어 추아를 얻는다. 침향과 동생 추아는 함께 기거하며 공부했고 우애가 대단히 깊었다. 어느 날 침향이 공부를 하던 중에 실수로 늙은 태사 진찬의 아들 관보를 때려죽인다. 두 형제는 집에 돌아가 부모에게 서로 자신이 사람을 해쳤다고 말했다. 왕계영은 맘속으로 친아들 추아를 보호

되어 있다. 그러나 이 세 편의 희곡 작품은 모두 그 내용이 봉신희의 그것과 서로 영향을 주고받은 신화희神話戲에 속하며, 등장인물의 극속 역할 역시 크게 다르지 않다고 본다. 따라서 필자는 위 네 개의 검보를 본 연구의 연구대상으로 삼아도 무방하리라 판단한다.

앞에 열거된 각각의 봉신희 내용에 해당되는 소설『봉신연의』회차와 회목을 정리하면 다음과 같다.

<표 1> 소설『봉신연의』회차와 회목

봉신희 극목	『봉신연의』 해당 회차 및 회목	봉신희 극목	『봉신연의』 해당 회차 및 회목
가몽관 佳夢關	제40회　사천왕우병영공 第40回　四天王遇炳靈公	삼산관 三山關	제53회　등구공봉칙서정 第53回　邓九公奉敕西征 제54회　토행손립공현요 第54回　土行孙立功显耀 제55회　토행손귀복서귀 第55回　土行孙归服西岐 제56회　자아설계수구공 第56回　子牙设计收九公
건원산 乾元山	제13회　태을진인수석기 第13回　太乙眞人收石磯	십절진 十絕陣	제45회　연정의파십절진 第45回　燃灯议破十绝阵
공동관 功潼關	제81회　자아동관우두신 第81回　子牙潼關遇痘神 제82회　삼교대회만선진 第82回　三敎大會萬仙陣 제83회　삼대사수사상후 第83回　三大師收獅象犼 제84회　자아병취림동관 第84回　子牙兵取臨潼關	위수하 渭水河	제24회　위수문왕빙자아 第24回　渭水文王聘子牙
대회조	제27회　태사회병진십책	진달기	제3회　희창해위진달기

하고 싶었으나 그해에 삼성모가 보련등을 보내어 구해준 은혜를 생각하고는 결국 추향을 화산으로 도망치게 하고 친아들 추아의 생명을 바친다. 침향은 선계에서 무예를 배우고 신부를 얻어 이랑신과 싸워 이기고 화산을 도끼로 가른 후 삼성모를 구해 낸다.「盜仙草」는 허선은 단오절에 백소정에게 雄黃酒를 마시게 하여 그녀의 본 모습인 뱀의 형상이 드러나자, 이를 보고 놀라 기절한다. 백소정은 허선을 소생시키기 위해 곤륜산으로 靈芝仙草를 구하러 갔으나, 곤륜산을 지키는 학과 사슴 두 신선과 싸워 패한다. 南極仙翁은 그녀를 가련히 여겨 仙草를 주어 허선을 구하게 한다.

大回朝	第27回　太師回兵陣十策	進妲己	第3回　姬昌解围进妲己
만선진 萬仙鎭	제82회　삼교대회만선진 第82回　三敎大會萬仙陣	진당관 陳塘關	제12회　진당소나타출세 第12回　陈塘关哪吒出世 제13회　태을진인수석기 第13回　太乙真人收石矶 제14회　나타현련화화신 第14回　哪吒现莲花化身
매화령 梅花嶺	제90회　자아착신도욱루 第90回　子牙捉神荼郁垒 제91회　반룡령소오문화 第91回　蟠龙岭烧邬文化 제92회　양전나타수칠괴 第92回　杨戬哪吒收七怪	천운관 穿云關	제79회　천운소사장피금 第79回　穿云关四将被擒
반오관 反五關	제30회　주지격반무성왕 第30回　周纪激反武成王 제31회　문태사구병추습 第31回　闻太师驱兵追袭 제32회　황천화동소회부 第32回　黃天化潼关会父 제33회　황비호사수대전 第33回　黄飞虎泗水大战 제34회　비호귀주견자아 第34回　飞虎归周见子牙	청룡관 靑龍關	제73회　청룡소비호절병 第73回　青龙关飞虎折兵 제74회　형합이장현신통 第74回　哼哈二将显神通
백자도 百子圖	제10회　희백연산수뢰진 第10回　姬伯燕山收雷震	황하진 黃河陣	제47회　공명보좌문태사 第47回　公明辅佐闻太师 제48회　륙압헌계사공명 第48回　陆压献计射公明 제49회　무왕실함홍사진 第49回　武王失陷红沙阵 제50회　삼고계파천하진 第50回　三姑计摆天河阵

　필자는 앞에 제시한 16편의 봉신희 작품 속에 등장하는 인물 36명 38개 검보에 그려져 있는 아이콘의 재현대상을 분류한 결과, 소설 『봉신연의』에 묘사된 등장인물의 외형 분장과 소품 및 특수효과를 재현하고 있었다. 이를 분류하면 다음과 같다.

① 얼굴 생김새

숭흑호, 용수호, 토행손, 뇌진자, 양전, 효천견, 녹동, 학동, 오병, 청사, 백양정, 주자정, 고각, 고명

② 소품 및 특수효과

구인, 태을진인, 정륜, 진기, 문중, 여화, 양임, 소승, 마례청, 마례홍, 마례해, 마례수

③ 이미지 상징

강상, 진구공, 요소사, 황룡진인, 황명, 주기, 황천화, 조보, 남궁괄, 숭후호

2. 아이콘의 재현방식

글을 '읽는' 문화에서 이미지를 '보는' 문화로의 변화는 문화생산자와 수용자에게 모방(mimesis)이라는 문화의 시각화 기능이 가동되었음을 의미하며, 쌍방에 이것을 어떻게 표현하고 읽어 낼 것인가에 대한 연결고리 탐색에 대한 고민을 던져 준다.

이미지라는 용어는 사전적 의미로는 어떤 평범한 표면이 대상을 반사시키는 역전적 생산물을 말하는데 일반적으로 이것은 어떤 대상에 대한 다소 정확한 대상의 복사, 즉 재현을 지칭한다. 그러나 보다 넓은 의미에서 볼 때 이미지는 단지 대상의 외관적 복제에만 관계하는 것이 아니라 꿈이나 환상 혹은 기억과 같은 비현실적이고 형이상학적인 생산물, 다시 말해 어떤 사물이나 사실에 대한 감각과 인상의 정신적 재현에도 관계할 수 있다. 복제이미지는 대상에 대한 시각적이고 물리적인 재현일 때를, 상징적 이미지는 보이는 시각세계와 안 보이는 정

신세계를 연결하는 의미적 측면에 관계하고 있다. 이는 특별히 예술에 있어 표현적 가치를 주는 시각적 재현 생산물 속에 나타난다.23)

그러므로 굿먼은 상징적 이미지를 강조하여 지금까지의 실재 세계를 시각적 재현 원리를 닮음에 있다는 전통적인 설명에 대해 "지시(denotation)가 재현의 핵심이며 닮음(resemblance)과는 무관하다"고 반박하며, 재현적 그림은 임의적인 기호이기에 그것의 해석은 그 기호가 속한 기호체계에 따라야 한다고 주장하였다. 곰브리치 역시 생산자가 제작한 시각적 기호를 감상자의 몫으로 돌리고 감상자가 제대로 해석을 해야 시각적 의사소통이 일어날 수 있다고 주장하였다.24) 이러한 시각적 소통은 코드화와 해독을 필요로 하는 관습적 기호들의 작용이며 기호생산자와 감상자의 지각심리학적 기제에 의해 설명될 수 있다.

얼굴 분장은 관객들에게 배우가 맡은 배역에 관한 정보와 캐릭터를 정확하게 전달하는 것이 최고의 목표이다. 이 때문에 검보 제작자들도 극 중 배역의 그것을 관객에게 사실적이고 정확하게 전달하기 위해 중국 전통극의 정형화되어 있는 얼굴 화장법의 범위 안에서 독특한 성격과 형태를 지닌 정과 축 역의 등장인물을 배역에 맞게 포인트를 잡아내어 어떻게 검보에 그려 넣을 것인가를 고민했을 것이다. 그 결과, 검보의 색과 구도로 제공되지 못하는 구체적인 등장인물의 특징을 아이콘으로 제공했다.

필자는 중국 전통극 검보의 아이콘을 읽어 내는 데 있어 전통적인

---

23) 박정기, 고재성, 「시각 이미지 재현체계 고찰」, 『디자인학연구집』, 7권호, 한국디자인문화학회, 2001.

24) 오종환, 「시각적 재현의 객관성에 대한 소고」, 『美學』, 제30권, 한국미학회, 2001.5.

시각적 재현 원리인 닮음과 굿먼과 곰브리치가 주장하는 지시적 재현 이 두 가지 모두 적용된다고 본다. 검보 아이콘은 실재에 대한 리얼리티 제공과 함께 배우와 관객이 오랫동안 쌓은 문화적인 소통기제가 깔려 있는 특정한 의미를 나타내는 표상이기 때문이다.

　본장에서는 '닮음'과 '지시'의 두 개념을 인지학에서 사용하는 아이콘 표상방식인 '유사', '상징', '임의'로 세분화하여25) 봉신희 등장인물 검보 아이콘의 시각적 재현방식을 살펴보고자 한다.

1) 유사

　본 절에서는 등장인물을 실제 얼굴 모습을 사실적으로 재현하고 있는 봉신희 검보를 인간, 동물, 요괴로 분류하여 검보에 그려진 아이콘을 살펴보도록 한다.

〈그림 1〉	〈그림 2〉	〈그림 3〉	〈그림 4〉
숭흑호崇黑虎(8번)	롱수호龍須虎(291번)	토행손土行孫(4번)	뇌진자雷震子(12번)
[흑쇄화검黑碎花臉]	[녹상형검綠象形臉]	[황상형검黃象形臉]	[남상형검藍象形臉]

---

25) 박진한과 한광희는 아이콘의 시각 정보 처리 방식을 유사, 표본, 상징, 임의 네 가지 범주로 나누어 고찰하고 있으나, 본고의 연구대상으로 하고 있는 봉신희 검보 아이콘은 그중 두 가지에 해당이 되므로 본고에서는 유사, 상징, 임의의 용어만 가져다 쓰기로 한다(박진한, 한광희, 「아이콘의 표상 방식에 따른 시각정보처리」, 『한국인지과학회 논문지』, 제8권 제4호).

숭흑호는 숭후호의 동생으로 「진달기」에 등장하는 인물이다. 우선 『봉신연의』의 본문 가운데서 숭흑호를 자세하게 묘사한 부분을 살펴본다.

> 급히 말에 올라 앞을 바라보았더니 두 개의 깃발 사이로 한 장수가 보였다. 얼굴은 솥바닥 같았고, 붉은 수염에 두 줄기 흰 눈썹과 도금한 듯한 눈을 가지고 있으며, 구운열염비수관을 쓰고, 몸에는 쇄자연환갑와 대홍포를 입었으며, 허리에는 백옥대를 둘렀으며, 화안금정수를 타고 두 자루의 담금부를 들고 있었다. 그 사람은 바로 숭후호의 동생이며 조주후을 봉직받은 숭흑호이다. ……숭흑호는 뒤에서 쇠방울 소리가 들려 고개를 돌려 보았더니 전충이 계속해서 쫓아오고 있었다. 그래서 황급히 등 뒤에 있는 붉은 호롱박 뚜껑을 열고 주문을 외었다. 그랬더니 호롱박 안에서 한 줄기 검은 연기가 그물같이 펼쳐지면서 그 속에서 까옥하는 소리가 들리며 하늘의 태양을 가리운 채 날아올랐다. 이것은 바로 철취신응鐵嘴神鷹으로 전충의 얼굴을 향해 입을 쫘악 벌리고 쪼으러 갔다.26)

숭흑호의 검보는 소설 속 묘사를 바탕으로 사실적으로 표현되었다. 그의 검보는 검은색 얼굴 바탕에 붉은 수염과 눈에서부터 머리까지 과장되게 그려진 하얀 눈썹, 그리고 금색 눈과 구운열염비수관을 상징하는 빨간색 아이콘으로 재현되어 있다.

용수호는 「공동관」의 등장인물로, 강자아의 부장이다. 그의 검보 역시 『봉신연의』에 묘사된 대로 긴 송곳니를 지니고 있으며 적을 향해 돌진하며 수많은 돌을 던지며 바람에 날리는 모습이 재현되어 있다.27)

---

26) “急自上馬望前看時, 只見杆旗幡開處, 見一將面如锅底, 海下赤髯, 兩道白眉, 眼如金鍍, 帶九雲烈焰飛獸冠, 身穿鎖子連環甲, 大紅袍, 腰系白玉帶, 騎火眼金睛獸, 用兩柄湛金斧, 此人乃崇侯虎兄弟崇黑虎也. 官拜曹州侯. …… 黑虎闻脑後金铃响处, 回头见全忠赶来不舍 : 忙把脊梁上红葫芦顶揭去, 念念有词。只见红葫芦裹边一道黑气冲出, 放开如网罗大小, 黑潭中有噫哑之声, 遮天映日飞来, 乃是铁嘴神鷹, 张开口劈面咬来。全忠只知马上英雄, 那晓得黑虎异术, 急展戟护其身面, 坐下马早被神鷹一嘴, 把眼啄了。”(『봉신연의』 제3회)

토행손은 「삼산관」의 등장인물이다. 그는 곤륜산 십이대선 중 하나인 구류손의 제자로 선골이 없어 도인이 되지 못하고, 인간계로 내려와 강자아의 봉신 계획을 돕는다. 토행손은 키가 4척 남짓밖에 되지 않는 단신이며, 코가 크고 얼굴이 못생긴 추남이지만, 쇠몽둥이를 잘 쓰고 땅속을 자유자재로 돌아다니는 지행술에 능하다. 그의 검보에는 주름 잡힌 큰 코를 특징적으로 재현하고 있다.28)

뇌진자는 「백자도」의 등장인물로, 서백후西伯侯 희창姬昌이 길에서 주워 백 번째 자식으로 삼았는데 운중자에게 주어 종남산에서 양육된다. 그는 7년 뒤 희창이 동관에서 어려움을 처했을 때, 스승 운중자의 명으로 하산하여 아비를 구하고, 두 번째 하산해서는 강자아를 도아 많은 은주역성혁명을 성공시키는 데 많은 공을 세운다. 그는 얼굴이 독수리 모양으로 생겼고, 양쪽 겨드랑이에 풍뢰風雷라고 쓰인 날개가 달려 있어 바람을 일으키고 벼락을 내리치는 기풍발뇌술, 무서운 음양의 정기로 거대한 바위와 나무를 쓰러뜨릴 수 있는 황금곤을 사용하여 적을 무찌른다.29) 그의 검보에는 새의 코가 사실적으로 그려져 있다.

양전은 옥천산 금하동에서 옥정진인을 좇아 도를 배운 뒤, 스승의 명을 받들어 하산하여 강자아를 도와 은나라 주왕의 군대를 무너뜨리고 주나라를 일으킨다. 그는 일흔두 가지 모습으로 변할 수 있는 구전현공술九轉玄功術, 충격에 대비하여 몸 안의 원기를 단전에 모아 기력을 강화시키는 행공술行功術, 몸을 감추는 엄신술掩身術을 부릴

---

27) 『봉신연의』 제54회.
28) 『봉신연의』 제52회.
29) 『봉신연의』 제22회.

〈그림 5〉 양전楊戩
출처: 『중국경극검보』, 23쪽

줄 알고, 바위와 쇠도 녹일 수 있는 불인 삼매진화三昧眞火·삼첨도三尖刀를 가지고 있으며 신견 효천견을 데리고 다닌다. 그는 두 눈 사이에 눈이 하나 더 달려 있다. 따라서 그의 검보에는 선인라는 것을 표시하기 위해 금색을 얼굴의 주요 바탕색으로 하고 미간에 눈이 하나 더 그려져 있다.

다음으로 봉신희에 등장하는 동물 검보를 살펴보도록 한다.

효천견은 양전이 데리고 다니는 신견으로, 검보는 개의 모습을 그대로 재현하는 금상형검金象形臉과 백상형검白象形臉이다. 그중 567번 검보에는 효천견 이마 부분에 신통술을 가지고 있다는 것을 알리는 상징직인 이이콘이 덧붙어 있다.

녹동과 학동은 남극선옹南極仙翁의 제자인 선동仙童으로, 스승의 심부름으로 다른 신선과 도사처럼 신통술을 부리기도 적과 보패를

〈그림 6〉
효천견哮天犬(266번)
[백상형검白象形臉]

〈그림 7〉
효천견哮天犬(567번)
[금상형검金象形臉]

〈그림 8〉
녹동鹿童(271번)
[녹상형검綠象形臉]

〈그림 9〉
학동鶴童(272번)
[백상형검白象形臉]

<table>
<tr><td>〈그림 10〉
오병敖丙(278번)
[백상형검白象形臉]</td><td>〈그림 11〉
청사青蛇(562번)
[남상형검藍象形臉]</td><td>〈그림 12〉
백양정白羊精(564번)
[백상형검白象形臉]</td><td>〈그림 13〉
주자정朱子貞(568번)
[흑상형검黑象形臉]</td></tr>
</table>

가지고 싸우기도 한다. 그러나 이 두 배역의 검보는 사슴과 학의 고유한 모습 그대로 재현되고 있다. 녹동은 사슴을 외형을 대표하는 머리의 뿔, 사슴코, 사슴 몸에 있는 점이 각각 검보의 이마, 코, 턱 부분에 그려져 있다. 학동은 얼굴 바탕은 흰색으로 칠하고 그 위에 이마와 입부위에는 검은색으로 학의 날개 모양을 그려 넣었다.

오병은 「진당관」의 등장인물로, 동해용왕 오광의 세 번째 아들이다. 그는 하마를 타고 멋있는 문양이 새겨진 창을 가지고 있다. 오병은 진당관 수장 이정의 아들 나타가 동해를 어지럽히자 이를 저지하려고 나섰으나 오히려 나타에게 죽고 그의 용근龍筋은 투구끈으로 사용된다.30) 그의 검보에는 용의 눈과 날카로운 이, 그리고 코 옆의

<table>
<tr><td>〈그림 14〉
고각高覺(279번)
[자화삼괴와검
紫花三塊瓦臉]</td><td>〈그림 15〉
고명高明(280번)
[남화삼괴와검
藍花三塊瓦臉]</td></tr>
</table>

---

30) 『봉신연의』 제12회.

긴 용근이 그려져 있다.

청사, 백양정, 주자정은 모두「매화령」에 등장하는 인물로, 매산梅山 일곱 요괴에 속한다. 청사는 이름이 장호長昊고 뱀 요괴로, 뱀 형상을 하고 있다. 그의 검보에는 뱀의 비늘과 눈 모양이 특징적이다. 백양정은 이름이 양현楊顯이고 양 요괴로, 양 형상을 하고 있으며 검보에는 양의 뿔을 특징적으로 그리고 있다. 주자정은 돼지 요괴로, 돼지형상을 하고 있으며 검보에는 돼지 코와 입을 두드러지게 그려져 있다.31) 고각은「매화령」의 등장하는 기반산의 버드나무 요괴이다. 그는 산 위에 있는 헌원묘의 진흙 인형 귀신에 의탁하고 순풍이의 몸에 영기를 얻게 하여 능히 천리 밖의 소리를 들을 수 있다. 고명 역시「매화령」의 등장하는 기반산의 도화나무 요괴이다. 그는 산 위에 있는 헌원묘의 진흙 인형 귀신에 의탁하고 천리안의 몸에 영기를 얻게 하여 능히 천리를 볼 수 있었다. 고각과 고명은 강자아가 주왕을 토벌할 때 기반산을 하산하여 온홍을 도아 주나라 군사를 저지한다.32) 두 등장인물의 검보에는 각각 버드나무잎과 도화꽃잎이 두드러지게 그려져 있다.

2) 상징

본 절에서는 등장인물의 사실적인 얼굴 생김새뿐 아니라 그 배역이 가지고 있는 겉으로 드러나지 않은 내부적인 특징과 특기를 상징할 수 있는 소품이나 특수효과를 시각적으로 표현한 아이콘을 중점적으로 살펴보기로 한다.

---

31)『봉신연의』제90, 91, 92회.
32)『봉신연의』제90, 91, 92회.

〈그림 16〉
구인됴引(289번)
[흑화상형검
黑花象形臉]

〈그림 17〉
태을진인太乙眞人
(271번)
[홍삼괴와신선검
紅三块瓦神仙臉]

〈그림 18〉
정윤鄭倫(1번)
[녹첨삼괴와검
綠尖三块瓦臉]

〈그림 19〉
진기陳奇(3번)
[홍화삼괴와검
紅花三块瓦臉]

〈그림 20〉
문중聞中(5번)
[홍육분검
紅六分臉]

〈그림 21〉
여화余化(286번)
[흑쇄화검
黑碎花臉]

〈그림 22〉
양임楊任(285번)
[홍화삼괴와신선검
紅花三塊瓦神仙臉]

〈그림 23〉
소승蕭升(293번)
[백삼괴와검
白三塊瓦臉]

우선 봉신희 등장하는 인물 가운데 원래는 미물 출신으로 도를 수행하여 사람의 모습을 얻어 활약한 선인들을 재현한 구인의 검보를 살펴보도록 한다. 구인은 「청룡관」의 등장인물로, 청룡관의 수장이다. 그는 원래 자라였는데 수행하여 사람의 형상을 얻었으며 토둔을 이용하는 등 법술을 사용할 수 있다. 그는 비록 사람의 형체를 지니고 있지만, 검보에는 자라 형상으로 그려져 있다.33)

다음으로 봉신희 등장인물이 지니고 있는 법술이나 특기를 상징적으로 재현한 검보를 살펴본다. 태을진인은 「건원산」의 등장인물로, 건원산 금광동의 선인이다. 그는 하산하여 주를 도와 은을 멸망시키는 데 일조하기 위해 화혈진을 격파하고 황하진에 걸려들었으나 겨우 구출되어 머리 위의 삼광을 잃어버려 다시 수련을 쌓아야 했다. 그는 불로는 타지 않는 물건을 태우는 신화神火와 바구니처럼 생겨 적을 가두는 구룡신화조라는 보패를 가지고 있다.[34] 그의 검보에는 적과 싸움을 할 때 미간 부분에 신화를 상징하는 불꽃 모양이 그려져 태을진인이라는 것을 상징하고 있다.

정륜은 「청룡관」의 등장인물로, 강자아의 독량관이다. 그는 진기와 함께 '형합이장哼哈二將'이라고 일컬어지는 장수이다. 그는 화안금정수를 타고 개갑이안鎧甲離鞍와 항마저를 휘두르고, 코로 하얀 연기를 내뿜어 적을 기절시키는 능력을 가지고 있다.[35] 그의 검보에는 정륜의 비술인 코에서 하얀 가스가 나오는 모습을 싱징적으로 그리고 있다.

진기 역시 「청룡관」의 등장인물로, 청룡관을 지키는 은나라 장수 구인 휘하의 독량관이다. 진기는 주나라 진영의 정륜과 대적할 수 있는 좌도左道를 지니고 있다. 그는 정륜과 비슷하게 적과 싸울 때 입으로 노란 가스를 내뿜어 적의 피와 살을 마르게 하고 정신을 잃게 하여 타고 있던 말에서 떨어지게 한다. 또 화안금정수를 타고 김관도촉金冠倒躅과 탕마저蕩魔杵를 휘두른다.[36] 그의 검보에는 입에서 노

---

33) 『봉신연의』 제73, 74회.
34) 『봉신연의』 제13회.
35) 『봉신연의』 제74회.
36) 『봉신연의』 제74회.

란 가스를 내뿜고 있는 모습을 그려 진기라는 것을 표현하고 있다.

문중은 「대회조」의 주인공으로, 은나라의 태사이다. 그는 미간에 세 번째 눈이 달려 있는데 눈을 열면 하얀 연기가 나와 적을 쓰러뜨린다. 또 흑기린을 타고 다니며 금편金鞭으로 허공에 원을 그리면 금편에서 황금색의 빛이 뿜어져 나와 울타리를 만들어 적을 그 안에 가두는 금둔술金遁術을 부릴 수 있다.37) 그의 검보에는 미간에 눈을 하나 더 그리고 거기에서 나오는 하얀 가스를 이마와 머리에 걸쳐 과장되게 표현하고 있다.

여화는 「반오관」의 등장인물로, 사수관汜水關 수장守將 한영韓榮의 부장이다. 그는 여원의 제자이며 칠수장군七首將軍이라는 별칭을 가지고 있다. 그는 황색 얼굴에 붉은 수염을 하고 매우 흉악하게 생겼으며, 화안금정수를 타고 화혈신도化血神刀를 휘두르며 특히 적의 혼을 빨아들이는 인혼번引魂幡을 부릴 줄 안다.38) 그의 검보에는 그가 적을 대적할 때 사용하는 가장 큰 무기인 인혼번을 형상화하여 이마 중앙에 상대의 영혼을 상징하는 그림이 그려져 있다.

양임은 「천운관」의 등장인물로, 은나라 상대부이다. 주왕은 달기의 모함으로 양임의 두 눈을 도려냈다. 청허도덕진군이 충신인 그를 가엽게 여겨 황건역사를 보내 청봉산으로 데려가 제자로 삼는다. 청허도덕진군은 두 알의 선단을 양임의 두 눈 구멍에 집어넣자 그 안에서 눈이 달린 두 개의 손이 돋아 나왔다. 그 후로 양임은 위로는 하늘 끝까지 볼 수 있고 아래로는 땅 밑까지 볼 수 있는 능력을 지니게 되었다.39)

---

37) 『봉신연의』 제50, 51회.

38) 『봉신연의』 제74, 75회.

39) 『봉신연의』 제79회.

그의 검보에는 바로 장중안掌中眼이 그려져 양임을 상징하고 있다.

소승은 「황하진」의 등장인물이다. 소승은 조보와 함께 오이산 백운동에서 천오백 년 전 싸움을 하지 않고 중립을 지키겠다는 맹세를 했다. 그들은 천교와 절교 어느 쪽에도 소속되지 않은 상태에서 어떠한 스승이나 제자도 받아들이지 않았다. 소승과 조보는 오이산에서 수행을 하며 공격 능력이 없는 방어만 할 수 있는 보패를 개발하였다. 그래서 소승이 가지고 있는 보패는 공격해 오는 보패를 막아 파괴하는 낙보김전落寶金錢으로 그의 검보 트레이드마크로 표현하고 있다.[40]

마례청, 마례홍, 마례해, 마례수의 검보는 등장인물의 얼굴 생김새, 머리와 신체 분장 및 전술 특기가 사실적이면서도 상징적인 아이콘으로 재현되고 있다. 이 네 인물은 「가몽관」의 주요 등장인물로, 가몽관을 지키는 장수들이다. 그들의 외형과 특기에 대해 『봉신연의』에 대단히 지세하게 서술된 부분이 있다.

〈그림 24〉
마례청魔禮靑(281번)
[은삼괴와신선검
銀三塊瓦神仙臉]

〈그림 25〉
마례홍魔禮紅(282번)
[홍쇄신선검
紅碎神仙臉]

〈그림 26〉
마례해魔禮海(283번)
[금쇄신선검
金碎神仙臉]

〈그림 27〉
마례수魔禮壽(284번)
[자화신선검
紫花神仙臉]

---

40) 『봉신연의』 제50, 51회.

"승상! 가몽관 마가의 네 장수는 형제지간입니다. 모두 이인異人으로부터 기이한 도술과 변신술을 전수받았기 때문에 대적하기가 크게 어렵습니다. 맏이는 마례청이라 하옵는데 키가 2장 4척이나 되고 얼굴은 마치 게처럼 생겼으며 수염은 구리줄과 같습니다. 또 긴 창을 사용하며 말을 타지 않고 걸어서 싸웁니다. 전수 받은 보검이 있는데 청운검靑雲劍이라고 합니다. 검의 위쪽에는 인장이 새겨져 있고 가운데는 지地, 수水, 화火, 풍風 네 자로 나뉘어져 있는데, 여기에서 풍은 곧 흑풍으로 그 바람 안에는 수천, 수만 개의 창이 들어 있습니다. 만약 이 검을 맞게 되면 사지가 가루가 되어 버립니다. 화에 대해 말하자면, 공중에서 금사金蛇가 요동을 치면서 온 천지가 검은 연기로 자욱하게 둘러싸입니다. 이 연기는 사람의 눈을 가리고 뜨거운 불로 태워 죽이니 무엇으로도 이를 당해 낼 수 없습니다. 또 마례홍이란 자는 우산 하나를 비전 받았는데 혼원산混元傘이라고 합니다. 이 우산은 온통 야명주夜明珠, 벽진주碧塵珠, 벽화주碧火珠, 벽수주碧水珠, 소량주消凉珠, 구곡주九曲珠, 정안주定顔珠, 정풍주定風珠 등 청옥이 달려 있습니다. 그 청옥에는 '장재건곤裝載乾昆'이라는 네 글자가 새겨져 있는데, 우산을 감히 펴지 못하게 해야 합니다. 그것을 펴면 하늘과 땅이 모두 어두워지고 해와 달도 그 빛을 잃게 되고, 그것을 돌리면 하늘과 땅이 제멋대로 요동을 치게 됩니다. 또 마례해라는 자가 있는데, 그는 창을 사용하고 등에는 비파를 메고 다닙니다. 그 비파는 네 개의 현으로 되어 있는데 이것도 역시 지수화풍에 해당되는 것입니다. 현을 튕겨 소리를 내면 풍화風火가 몰아치게 되는데, 마치 청운검과 같은 위력입니다. 마지막으로 마례수라는 자가 있는데 그는 두 개의 채찍을 사용합니다. 또 주머니 속에 흰 쥐처럼 생긴 물건을 넣어 가지고 다니는데 이를 '화호초花狐貂'라고 부릅니다. 이것을 공중에 던지며 흰 코끼리처럼 변신하는데, 겨드랑이에 날개가 돋혀 있으며 세상 사람들을 모두 잡아먹어 버립니다. 만일 이 네 장수가 서기를 치러 온다면 아군은 승리를 얻지 못할 것입니다."41)

---

41) "丞相在上, 佳梦关魔家四将, 乃弟兄四人, 皆系异人秘授, 奇术变幻, 大是难敌。长曰魔礼青, 长二丈四尺, 面如活蟹, 须如铜线；用一根长, 步战无骑, 有秘授宝剑, 名曰："青云剑。" 上有符印, 中分四字, 地、水、火、风, 这风乃黑风, 风内万千戈矛, 若乃逢着此风, 四肢成为齑粉。若论火, 空中金蛇搅绞, 遍地一块黑烟, 烟掩人目；烈烧人, 并无遮挡。还有魔礼红, 秘授一把伞。名曰："混元伞。"伞皆明珠穿成, 有祖母绿, 祖母碧, 夜明珠, 辟尘珠, 辟火珠, 辟水珠, 消凉珠, 九曲珠, 定颜珠, 定风珠。还有珍珠穿成"装载乾坤"四字, 这把伞不敢撑, 撑开时天昏地暗, 日月无光, 转一转乾坤晃动。还有魔礼海, 用一根, 背上一面琵琶, 上有四条弦；也按地、水、火、风, 拨动弦声, 风火齐至, 如青云剑一般。还有魔礼寿, 用两根鞭, 囊里有一物, 形如白鼠, 名曰："花狐貂。"放起空中, 现身似白象, 胁生飞翅, 食尽世人。若此四将来伐西岐, 吾兵恐不能取胜也。"(『봉신

마례청의 검보는 그의 내외면적인 여러 가지 특징 가운데 가장 대표적인 점을 과장되게 부각시킨 점이 눈에 띤다. 그의 검보에는 수염과 무기 같이 얼굴 생김새와 소품 등이 매우 사실적으로 표현되고 있다. 그런데 그의 검보에서 매우 독특한 부분이 있다. 그가 소유한 보패 청운검에는 검의 화火 기능을 사용하면 검은 연기가 나면서 그 연기가 적의 눈을 가려 보이지 않아 싸우지 못하게 하고 뜨거운 불에 태워 죽이는 기능이 있다. 그런데 마례청의 검보에는 청운검의 위력으로 인해 잘 보이지 않는 상대의 눈을 그의 검보에 재현하고 있다. 이는 검보의 역할과 기능의 폭을 넓히는 점으로 인물의 캐릭터를 매우 상징적인 표현하고 있다고 볼 수 있다. 마례홍의 검보에는 혼원산에 달려 있는 구슬과 이를 돌리는 모양이 그려져 있고, 마례해의 검보에는 마례해가 지니고 다니는 비파를 튕기면 소리를 내며 나오는 바람과 불이 그려져 있다. 마례수의 검보는 위의 세 형과 구분을 확연히 하기 위해 그가 지닌 보패나 도술을 형상화시키지 않고 그의 이름 마지막 글자 '수壽' 자를 이마 한 중앙에 그려 넣어 마례수임을 상징하였다.

3) 임의

본 절에서는 시각 능력만으로 읽어 낼 수 없는 감각과 인상의 정신적인 형이상학적인 생산물로 재현된 봉신희 검보 아이콘을 살펴보고자 한다.

연의』 제40회)

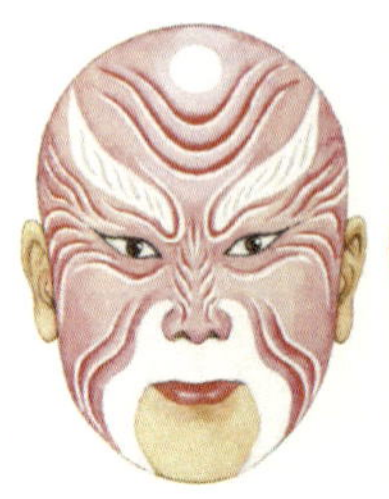

〈그림 28〉
강상姜尙(7번)
[노홍정검老紅整臉]

〈그림 29〉
진구공陳九公(295번)
[남화원보검
藍花元寶臉]

〈그림 30〉
요소사姚少司(296번)
[녹당원보검
綠膛元寶臉]

〈그림 31〉
재신財神
조공명趙公明

강상은 「위수하」의 주인공으로, 주 문왕이 주를 일으키기 위해 현사를 발굴하던 도중 위수 가에서 만난 인물이다. 그는 선계에서는 우주 재편계획의 행동대장이며, 인간계에서는 주문왕을 도와 은주역성혁명을 일으켜 주나라를 세우는 일등공신이다. 그는 四不象을 타고 다니며 타신편打神鞭, 행황기杏黃旗, 오뢰향량술五雷響亮術을 부릴 수 있다. 그의 검보는 나이가 들었다는 것을 표현하기 위해 하얀 눈썹과 하얀 수염을 그려 넣고, 그가 신통력을 부리는 것을 상징하기 위해 이마 중앙 위쪽에 하얀색으로 동그라미를 그려 넣었다. 강상처럼 신통력을 지니고 있는 등장인물의 검보에는 대부분 이마 위에 동그라미가 그려져 있다. 봉신희 검보에서 다른 예를 들면, 토행손, 뇌진자, 녹동, 학동, 효천견, 백양정, 주자정, 여화의 검보 등이 있다.

진구공과 요소사는 「황하진」의 등장인물로, 아미산 나부동에서 수도하는 조공명趙公明의 제자이다. 소설 『봉신연의』에서의 조공명은 문중의 부탁으로 두 제자를 데리고 검은 호랑이를 타고 하산하여 박룡색縛龍索과 철편鐵鞭, 금교전의 보패를 사용하여 강자아를 죽였다.

이후 조공명은 죽어서 강자아에게 룡호현단진군龍虎玄檀眞君으로 봉신되어 진구공과 요소사가 포함되어 있는 여의사위정신如意四位正神을 관장한다. 그중 진구공은 부를 부르는 사자인 초재사자招財使者로, 요소사는 이재를 관장하는 이시선관利市仙官으로 봉해졌다. 이 때문에 조공명은 진구공과 요소사와 함께 이후 민간에서 관우와 같이 재물을 관장하는 재신財神으로 숭배받아 오고 있다.

진구공과 요소사의 검보에는 봉신희 내용에 맞는 사실적인 이미지가 아닌 민간에 전해진 이재理財와 관련된 상징적인 이미지로 표현되어 관객의 이해를 돕는다. 진구공의 검보에는 얼굴 양 볼에 엽전이 그려져 있고, 또 이마와 머리에는 사자使者를 상징하는 사슴의 뿔이 그려져 있다. 요소사는 돈을 관장하는 선관답게 이마 중앙에 엽전 하나가 크게 그려져 있다.[42]

지금까지 본고에서는 봉신희 검보 아이콘을 연구대상으로 하여 중국 전통극의 검보 아이콘 생성과 구성 원리를 고찰하였다. 이를 정리하면 다음과 같다.

첫째, 검보 아이콘은 극 중 등장인물의 얼굴 생김새를 사실적이며 구체적으로 재현하고 있다. 여기에 해당하는 검보는 숭흑호, 용수호, 토행손, 뇌진자, 양전, 효천견, 녹동, 학동, 오병, 청사, 백양정, 주자정, 고각, 고명의 것으로, 대부분 상형검에 속한다.

둘째, 검보 아이콘은 등장인물의 머리와 신체 분장에서 해당 배역의 트레이드마크와 같은 가장 특징적인 부분을 재현한다. 이에 해당

---

[42] 『봉신연의』 제48, 49, 99회.

하는 검보는 구인, 태을진인, 정륜, 진기, 문중, 여화, 양임, 소승, 마례청, 마례홍, 마례해, 마례수의 것이다. 이들 검보의 아이콘은 해당인물을 대표할 수 있는 내외면적인 특징과 특기를 독특하고 상징적으로 재현하고 있었다. 따라서 전통극 검보 아이콘은 현대극 무대에서의 특수효과와 장치 혹은 무대 소품 등이 시각적으로 표현되었다고 볼 수 있다.

셋째, 검보 아이콘은 시각 능력만으로 읽어 낼 수 없는 감각과 인상의 정신적인 형이상학적인 부분을 재현하였다. 이에 해당하는 검보는 강상, 진구공, 요소사, 황룡진인, 황명, 주기, 황천화, 조보, 남궁괄, 숭후호의 것이다. 이런 유형의 검보 아이콘을 생산하고 감상하기 위해서는 생산자와 관객 간에 문화적인 소통의 기제가 전제가 되어야 한다. 여기에 사용된 아이콘은 대부분 오랫동안 검보 제작자와 관객이 만들어낸 관습적 문화기호이기 때문이다.

이상의 논의를 통해 볼 때, 검보 아이콘은 전통극의 정형화된 배우의 연기와 분장, 특수한 돌출형 무대 여건 때문에 채울 수 없는 요소들을 배우의 얼굴화장에 시각적으로 기호로 보완한 장치라고 할 수 있다.

심우영 ─────────

대만 국립정치대학교 문학박사
상명대학교 중국어문학과 교수·천안캠퍼스 부총장
한중문화정보연구소 소장

『태산, 시의 숲을 거닐다』
『명청대 정원문화 누가 만들었을까』(공저)
외 다수

김재현 ─────────

Academy of Art College 석사
상명대학교 시각디자인전공 교수

『디자인역사』
외 다수

최상은 ─────────

성균관대학교 문학박사
상명대학교 한국어문학과 교수

『조선 사대부가사의 미의식과 문학성』
외 다수

최종인 ─────────

Academy of Art College 석사
상명대학교 사진영상미디어전공 교수

『Chinese jade antique collection』
외 다수

이은상 ———————————————————————————

　단국대학교 문학박사
　상명대학교 한중문화정보연구소 연구교수

　『이미지로 읽는 양쯔강의 르네상스』
　외 다수

정유선 ———————————————————————————

　중국 북경사범대학 문학박사
　상명대학교 교육대학원 교수

　『중국경극의상』(역서)
　외 다수

굴원과 이백이 살던 땅

형초문화기행

초 판 인 쇄 | 2012년 8월 24일
초 판 발 행 | 2012년 8월 24일

엮 은 이 | 상명대학교 한중문화정부연구소
펴 낸 이 | 채종준
펴 낸 곳 | 한국학술정보㈜
주   소 | 경기도 파주시 문발동 파주출판문화정보산업단지 513-5
전   화 | 031) 908-3181(대표)
팩   스 | 031) 908-3189
홈 페 이 지 | http://ebook.kstudy.com
E - m a i l | 출판사업부 publish@kstudy.com
등   록 | 제일산-115호(2000. 6. 19)

ISBN   978-89-268-3763-4 93820 (Paper Book)
              978-89-268-3764-1 95820 (e-Book)